Arne Nielsen

Buddeln, 1–3

Erzählungen

liebeskind

© Verlagsbuchhandlung Liebeskind, München 2006

Umschlaggestaltung: Marc Müller-Bremer, München
Umschlagmotiv: Daniel Treacy / Millennium Images
Satz und Typografie: Frese Werkstatt, München
Herstellung: Karlheinz Rau, München
Druck und Bindung: Ebner & Spiegel, Ulm

ISBN-10:   3-935890-39-7
ISBN-13: 978-3-935890-39-7

Für Karoline

Der Pilot 9
Alec Baldwin 33
Sehnsucht nach Nelly 55
Wilde Zeiten 83
Barcelona 102
Buddeln, 1–3 119
Tour de France 135

Der Pilot

Wir sind nach dem Ganzen hierhergezogen, weit weg von all dem. Es ist eine andere Welt hier, Häuser so weit das Auge reicht. Und der Wald natürlich, hinter den Häusern sehe ich den Wald.

Meine Frau war am Nachmittag weggefahren. Sie hatte gesagt, daß sie Luft braucht, daß es spät werden könnte und daß ich nicht auf sie warten soll, worauf ich ihr gesagt hatte, daß jeder von uns manchmal Luft braucht und daß ich natürlich wach bleiben würde, bis sie zurück sei. »Ich werde warten«, hatte ich gesagt, ohne auch nur annäherungsweise zu wissen, was das zu bedeuten hatte. Ich hatte ihr die Autotür aufgehalten, und in dem Moment, als sie hinter dem Steuer Platz genommen und den Motor angelassen hatte, war es die einfachste Sache der Welt, mir vorzustellen, sie wäre nicht meine Frau.

Ich blieb stehen, bis sie weg war. Dann machte ich das Garagentor zu und warf einen Blick in die Nachbargarage. Sie waren Anfang des Sommers eingezogen, und seitdem hatte sich einiges an Krempel angesammelt. Pappkartons, wohin ich auch sah.

Daß er Pilot sein sollte, war schwer zu glauben. »Der sieht nicht aus wie ein Pilot«, hatte ich schon mehrmals zu meiner Frau gesagt.

Der Pilot lebte mit einer Frau und deren Tochter zusammen, ein kräftiges Mädchen, die Kleine. Sie waren nicht verheiratet, und es war nicht seine Tochter. Es gab noch ein Mädchen im Haus, volljährig, aus Polen, ein verspieltes Ding, das die Einkäufe erledigte und sich um das Haus kümmerte, wenn die Mutter bei der Arbeit war. Eine gute Frau, die Mutter, sagte immer schön guten Tag, nicht so wie die Volljährige. Auf jeden Fall hielt sich unser Pilot einen richtigen Mädchenhaushalt. Vorher war ich ihm noch nicht begegnet, hatte ihn nur vom Balkon aus ein paarmal gesehen, wie ein Pilot sah er wirklich nicht aus. Wenn er zu Hause war, schaute er entweder fern oder werkelte am Haus rum. Das mußte man ihm lassen, er hatte große Pläne, unser Pilot. In seinem Garten hatte er einen Brunnen gebaut, wie ich ihn – und das gilt jetzt auch für meine Frau – bisher noch nie gesehen hatte. Das Wasser plätscherte rund um die Uhr.

Ich ging ins Haus, wo es angenehm kühl war, und schaute auf die Uhr in der Küche. Noch eine halbe Stunde, dann war es wieder an der Zeit, die Rolläden hochfahren zu lassen. Im Wohnzimmer sah ich, daß sie ihre Tabletten und die Brille vergessen hatte. »Ich brauche Luft«, hatte sie gesagt. Auf dem Eßtisch stapelten sich ihre Zeitschriften. Ich nahm den ganzen Stapel, trug ihn in die Küche und warf ihn in den Mülleimer, holte sie aber sofort wieder raus. Mit der Hand wischte ich so gut es ging die Essensreste ab, dann trug ich sie wieder ins Wohnzimmer und stapelte sie auf dem Tisch. Draußen konnte ich das Plätschern des Wassers hören und hin und wieder leise Stimmen. Ich setzte mich hin und schaute mir die Fotos an. Meine Frau ließ sie immer auf dem Couchtisch liegen, ein furchtbares Durcheinander. Schwer zu glauben, daß ich das dort auf den Fotos sein sollte, mit dem Kind neben mir. Seitdem das alles so gekommen ist, seitdem ich an jenem Morgen das Kind dort liegen sah, habe ich dieses Summen in meinem Kopf. Ich lief noch ein bißchen im Wohnzimmer hin und her, nahm Bücher aus dem Regal und stellte sie an einer anderen Stelle wieder rein. Ich aß einen Apfel und schenkte mir ein Glas Rotwein ein. Wenn man an heißen Tagen nicht vergißt, so früh wie möglich die Rolläden runterzulassen, bleibt das Wohnzimmer angenehm kühl. Ich trank vom Wein und spürte, was den bevorstehenden Abend betraf, eine leichte Anspannung. Heute vormittag, als meine Frau zum ersten Mal davon sprach, daß sie Luft brauchte, war es mir noch nicht klar gewesen, und auch später nicht, als sie weggefahren war. Aber jetzt wußte ich es. Heute würde ich rübergehen. Ich würde noch ein bißchen Wein trinken, dann würde ich mir ein Stück Fleisch braten und dann würde ich rübergehen.

Ohne auf die Uhr schauen zu müssen, wußte ich, daß es langsam Zeit war. Ich ging ans Fenster und drückte den Schalter. Das gewöhnliche Rattern der Metallschienen setzte ein, das Licht veränderte sich auf angenehme Weise. Ich hob mein Glas und prostete der Welt da draußen zu. Über den Feldern stand die Luft still, es hatte aber nichts Bedrückendes, es war nichts, wovor man sich zu fürchten brauchte. Ich sagte ein paar Worte vor mich hin. Dann machte ich die Balkontür auf und trat mit meinem Glas in der Hand nach draußen. Das Plätschern war jetzt lauter. Um den Brunnen herum lagen Plastiksachen, eine Schaufel, ein Eimer, Kindersachen eben. Im Erdgeschoß, wo die Volljährige ihr Zimmer hatte, war die Tür offen, und neben der Tür stand ein Wäscheständer. Ich überlegte, ob das ihre Wäsche war oder eher die der Mutter. Ich hatte es zweimal mit Frauenwäsche versucht. Das erste Mal war ich allein im Haus gewesen, das zweite Mal hatte ich mir ein Höschen meiner Frau aus dem Wäschebeutel geholt, während sie unter der Dusche stand. Den ganzen Tag im Betrieb hatte ich ihr Höschen an, und ich muß zugeben, damals veränderte es so einiges. Als sich plötzlich die Sträucher bewegten, stellte ich mein Glas auf die Fensterbank und schlich mich zum Geländer. Das kommt als nächstes dran, dachte ich, als nächstes werden die Sträucher geschnitten. Und dann sah ich diesen Jungen. Der Junge lief über unseren Rasen zum Garten des Piloten. In der Hand hielt er ein Feuerzeug. Das Feuerzeug machte »schnapp, schnapp«. Es war keine gute Idee gewesen, nach draußen zu gehen.

Im Haus fühlte ich mich gleich wohler. Als erstes ging ich in den Flur, nahm mir einen Zettel vom Telefonbord und machte mir eine Notiz. »Sträucher beschneiden«, schrieb ich. Es tat gut, eine Notiz zu machen, und ich nahm mir vor, in Zukunft öfters mal die eine oder andere Notiz zu machen. Dann versuchte ich mir vorzustellen, was sich in unserem Leben verändern würde, falls das alles hier plötzlich weg sein sollte, und mir wurde klar, daß ein Feuer so einiges verändern würde. An diesem Gedanken blieb ich eine Weile hängen, bevor ich die Weinflasche aus dem Wohnzimmer holte und in die Küche ging, um auch dort die Rolläden wieder hochzulassen.

Die Koteletts sahen gut aus. Meine Frau hatte sie bereits gewürzt, und die Kartoffeln mußte ich nur noch anmachen. Das war einfach. Ich holte Butter aus dem Kühlschrank und schenkte mir noch ein Glas Wein ein. Die Kartoffeln stellte ich gleich auf sechs, danach holte ich die Bratpfanne, die ich von meiner Frau zu Weihnachten bekommen hatte, aus dem Schrank. Und dann tat ich etwas, worüber ich heute noch nachdenken muß. Während die Koteletts in der Pfanne vor sich hin brutzelten, überquerte ich den Flur und machte die Haustür auf. Ich legte sogar die Fußmatte so hin, daß die Tür nicht wieder zugehen konnte. Und da stand ich also und briet Koteletts, während ich sehen konnte, was draußen vor sich ging. Es war ein tolles Gefühl, viel intensiver, als durch ein Fenster zu schauen. Und hier ist, was ich sah: der Himmel über der Hecke war rot, wie ich ihn noch nie zuvor gesehen hatte. Es war, als wäre ich plötzlich mittendrin in einer bestimmten Sache.

Ich aß die beiden Koteletts auf. Ich aß den Tomatensalat und die Kartoffeln. Meine Frau und ich kennen uns seit der Schulzeit. Wir sind nicht nur Mann und Frau, wir sind Freunde. Nach so langer Zeit ist es kein Wunder, daß sich alles etwas verändert hat. Was man braucht, ist Luft. Hauptsache, man hat Luft. Ich nahm einen ordentlichen Schluck und sah mir noch ein letztes Mal die Küche an. Dann ging ich nach draußen und machte das Garagentor auf, tat so, als würde ich etwas suchen, machte das Tor wieder zu und ging zurück ins Haus. Sie waren wohl allein zu Hause, die Mädels, sein Auto war nicht da.

Ich ging durchs Wohnzimmer, machte vorsichtig die Balkontür auf und ging hinaus. Ich schaute über das Tal hinweg bis zum Wald.

»Hey, Mr.!« Es war der Junge von vorhin. Er saß drüben auf dem Brunnen. Ich suchte nach den richtigen Worten. Ob er jemals an einem frühen Morgen im Winter Gänse gejagt hatte, ob er je zusammengekauert hinter irgendeinem Baum saß, allein, das Gewehr in der Hand? Ob er wußte, wie es wirklich war? Ich sagte: »Hier wird nicht mit Feuer gespielt«, und ging ins Haus zurück, um die Flasche zu holen.

Als ich wieder nach draußen kam, war sein Auto immer noch nicht da, und ich hoffte, daß er noch eine Weile wegbleiben würde, mindestens bis ich und die Mädels den Anfang gekriegt hatten. Ich ging ein Stück unserer gemeinsamen Auffahrt hinunter. Wegen der Auffahrt hatte es nie Probleme gegeben. Die Küchenfenster standen weit offen, sie saßen am Eßtisch, höchstens zwei Meter entfernt. Es wäre ein Katzensprung gewesen.

»Guten Appetit«, sagte ich und hatte wieder dieses Gefühl, mittendrin zu sein.

Die Frau des Piloten sagte: »Abend, Mr. Turner«, und wie sie das sagte, zeigte mir, daß sie es o.k. fand, daß ich da draußen unterwegs war.

»Abend, alle zusammen«, sagte ich, blickte in die Runde und hielt mein Glas und die Flasche nach oben. »Das ist ein Abend, wo einem danach ist rauszugehen«, sagte ich und suchte den Himmel nach Flugzeugen ab. Hätte ich eins erwischt, hätte ich noch was über den Piloten, der da oben bei der Arbeit war, zu sagen gehabt. Aber es war nichts zu sehen.

»Mr. Turner?«

»Ja, Mrs. Ivory.«

»Sie haben recht, Mr. Turner, das ist ein Abend«, sagte sie, während ich einen Blick auf die Kleine und die Volljährige warf. Ich tat so, als würde ich den Rand eines imaginären Hutes antippen, sagte »Mrs. Ivory, Mädels« und begann den Hügel runterzugehen, wobei ich noch nicht wußte, was das für den bevorstehenden Abend zu bedeuten hatte. Aber eins war klar, ich war mittendrin und der Abend fing gerade erst an.

Ich ging runter und dann ging ich wieder rauf, ein kleiner Spaziergang eben. Das Ganze war ziemlich schnell vorbei, in einem Moment war ich auf dem Weg nach unten und kurz danach war ich wieder auf dem Weg nach oben. Es war verrückt. Die Kleine war nirgendwo mehr zu sehen, aber die Volljährige und Mrs. Ivory saßen immer noch am Eßtisch. Sie teilten sich eine Zigarette, und es war deutlich zu sehen, daß sie sich über meine Rückkehr freuten. Ich tippte wieder an meinen imaginären Hut und hielt die Flasche und das Glas hoch: »Was haltet ihr beiden davon, nach draußen zu kommen und euch was davon zu holen. Es ist einer dieser Abende, wo man so was machen kann. Ich bin gerade den Hügel runtergegangen und habe mir gedacht, daß man sich unter Nachbarn vielleicht etwas unterhalten kann. Hauptsache, man hat Luft und genügend von dem hier.« Ich zeigte auf den Wein. »Hauptsache, man ist nicht Pilot und hat da oben zu tun. Hauptsache, man hat Zeit und das Wetter läßt es zu.« Ich verpaßte dem Glas mit der Flasche einen kleinen Stoß, so daß dieses gewisse Geräusch entstand.

Da die beiden dazu nichts zu sagen hatten, ging ich ein paar Schritte zurück und schaute in unseren Flur. Ich konnte nicht viel sehen, aber im Radio liefen gerade die Nachrichten, und jedes Wort war deutlich zu hören. Jetzt rauchten beide, und es war klar, ihnen gefiel, was hier vor sich ging. Sie wußten, daß was Verrücktes im Gange war, und sie waren bereit mitzumachen. Ich sagte zu Mrs. Ivory, daß sie jederzeit rüberkommen könnten. Es gab noch reichlich von dem Wein, die Koteletts waren leider alle, aber ich hatte noch Käse und Cracker.

Ich ging ins Haus. Vielleicht war es besser, ich würde die Sachen rüberbringen. Als erstes schaltete ich das Licht im Flur an und machte mir eine Notiz. Ich schrieb »Wald« auf den Zettel, dann ging ich in die Küche und schaltete auch dort das Licht an. Die Küche sah toll aus, und ich dachte, daß es eigentlich nicht in Ordnung war, den beiden Käse und Cracker zu geben. Jetzt, wo ich die Koteletts gegessen hatte, konnte ich so was einfach nicht zulassen. Sie konnten vom Wein trinken, aber der Käse blieb hier. Im Bad machte ich mir die Ohren sauber und putzte die Zähne. Ich knöpfte mein Hemd auf, schaute mich im Spiegel an und ging dann in das Zimmer des Kindes. Dort hörte ich ein Auto und wußte sofort, daß er es war. Mir schoß das Blut in den Kopf, und ich mußte mich an die Wand lehnen, um nicht das Gleichgewicht zu verlieren. Ich wartete einige Sekunden, bis sich drüben die Begeisterung über die Rückkehr unseres Piloten gelegt hatte. Erst als ich von drüben nur noch gedämpfte Stimmen hörte, holte ich ein paar von unseren besten Flaschen aus dem Wohnzimmer. Ich sah keinen Grund, warum ich und die Mädels nicht da weitermachen sollten, wo wir aufgehört hatten.

Als ich mit den Flaschen nach drüben ging, war das Gefühl, nichts verlieren zu können, größer als jemals zuvor in meinem Leben. Aber ich benutzte trotzdem die Klingel, jetzt, wo unser Pilot zu Hause war, hatte ich keine Lust mehr, die Leute durchs Fenster anzusprechen. Stan, eine gute Sache läßt sich nicht wiederholen, sagte ich mir.

Es war die Volljährige, die mir die Tür aufmachte. Ich streckte ihr die beiden Flaschen entgegen und sagte: »Für die Chefin.« Sie nahm die Flaschen entgegen und gab mir ein Zeichen, daß ich warten sollte. Ich schaute mir das junge Ding genau an, wie sie sich umdrehte und die Flaschen nach oben brachte. Ob unser Pilot gerade mit Mrs. Ivory zugange war? Oder wusch er sich die Hände und erzählte ihr durch die Badezimmertür eine Geschichte aus der Luft? Eine Geschichte über die Leute, die zu ihm ins Cockpit kamen und ihn dies und jenes fragten. Leute, deren Fragen er schon auswendig kannte, aber jedesmal bereitwillig beantwortete. Ich meine, er war Pilot.

Als ich Mrs. Ivory lachen hörte und kurz darauf die Treppe runterkommen sah, ging ich ein paar Schritte zurück. Sie hatte eine der Flaschen dabei und vier Gläser. Es waren vier.

»Mr. Turner.«

»Mrs. Ivory.«

»Was für ein Abend, Mr. Turner.«

»So ist es, Mrs. Ivory.«

»Mr. Turner?«

»Ja, Mrs. Ivory?«

»Sagen Sie bitte Liz. Wäre das in Ordnung für Sie, Mr. Turner?«

Ich sagte »Stan«, und Liz sagte auch »Stan«, und

dann schlug sie vor, daß wir uns doch setzen sollten, dort auf den Asphalt vor dem Haus, weder das Mädchen noch Bob würden etwas dagegen haben. Ich sagte ihr, daß wir es ausprobieren könnten. »Es spricht nichts dagegen, Liz«, sagte ich. »Hier draußen gibt es Luft, und das ist die Hauptsache.«

Erst war ich mir nicht sicher, wie ich mich hinsetzen sollte. Ich probierte die eine oder andere Variante aus, und alle gaben mir ein anderes Gefühl. Liz aber setzte sich hin, und damit war die Sache für sie erledigt. Sie schenkte mir ein Glas ein, dann nahm sie selber von dem Wein. Wir prosteten uns zu, und ich suchte hinter ihr den Himmel nach Flugzeugen ab. Mir war sehr danach, etwas über Flugzeuge zu sagen.

»Es ist das erste Mal, daß ich abends hier draußen bin, Liz. Ich meine, hier auf dem Boden und so. Es ist nicht schlecht, Liz.«

Liz nickte mir zu.

»Liz?«

»Stan?«

»Liz, ich bin kein neugieriger Mensch. Ich mache meine Sache, und jeder soll seine Sache machen, so wie es ihm gefällt.« Ich schaute sie genau an, um zu sehen, ob sie mir folgen konnte, bevor ich weitermachte. »Prost, Liz.«

»Prost, Stan.«

»Ich spreche hier von dem Brunnen, Liz. Und von dem Feuer. Du mußt wissen, daß ein Feuer unter diesen Wetterbedingungen verheerende Folgen haben würde.« Viel weiter kam ich nicht.

»Abend, Stan.« Er hatte ein Sixpack in der Hand und lächelte. Seine Haare waren noch naß, und er trug wie immer diese sportlichen Hosen. Unter seinem Hemd sah ich eine kleine Wölbung. Er war nicht schön, aber wie er dastand und lächelte, war einem sofort klar, daß man es hier mit einem Piloten zu tun hatte. Er war keiner, der ein Feuer ernst nahm. Er war nicht wie Liz, er war Pilot. Bobs Lächeln verwandelte sich in ein Grinsen, als er sich setzte und mich anschaute.

Ich sagte: »Bob.«

»Stan spricht von einem Feuer, Bob. Er meint, ein Feuer würde zur Zeit schlimme Auswirkungen haben.« Liz schaute zu Bob, und Bob, der sich inzwischen ein Bier aufgemacht hatte, schaute zu mir. »Da kann er recht haben, Liz. Ein Feuer wäre nichts Gutes hier oben.« Er nickte. »Der Wind würde das Feuer bis ins Tal bringen. Es wäre unheimlich, nichts, was man sich wünschen sollte. Da kann man dir nur recht geben, Stan, ein Feuer können wir hier oben nicht gebrauchen.«

»Bob hat von da oben schon einige Feuer gesehen, stimmt's, Bob?« Liz' Augen wurden eng, beide hoben gleichzeitig ihre Getränke und blickten in den Himmel.

»Ich habe sie gesehen«, sagte Bob, und beide schauten noch eine Weile in den Himmel. »Es ist alles anders da oben, Stan. Wenn ich Liz nicht hätte, ich glaube, ich würde abheben.« Bob lächelte wieder. »Deswegen habe ich auch den Brunnen gekauft. Das Plätschern holt einen wieder runter.« Das war unser Pilot, hatte alles schon gesehen und wußte auf alles eine Antwort. Ich trank mein Glas aus und schaute Liz in die Augen.

»Ich kann es hören, das Wasser«, sagte ich.

»Stan, ich kenne dich nicht, aber du solltest wissen, daß ich mich darüber freue. Und wenn ich dir sage, daß es auch dein Brunnen ist, dann hoffe ich, du weißt, was ich dir damit sagen will. Stan, es ist unser Brunnen.«

»Ich konnte anfangs nicht schlafen, Bob. Da war nichts zu machen. Ich war verärgert, ich wünschte, das Ding würde nicht so laut plätschern, es war zum Verrücktwerden. Manchmal bin ich mitten in der Nacht in euren Garten rübergegangen, versteht ihr, so was habe ich gemacht. Heute habe ich mich daran gewöhnt, heute ist es o.k. Aber es gibt da noch was, Bob.«

»Was gibt's, Stan?«

»Du bist Pilot, Bob.«

»Das bin ich, Stan.«

»Du hast keine Kinder, Bob.«

»Das ist richtig, Stan.« Bob schaute zu Liz.

»Warum hast du keine Kinder, Bob?« fragte ich.

»Es ist die Luft.« Bob schaute nach oben. »Was ich da oben mache, ist nicht ungefährlich.« Bob hob die Hand und ließ seine leergetrunkene Dose auf den Boden fallen. »Es ist die Luft, Stan.«

»Meine Frau braucht Luft«, sagte ich, »und ich brauche Luft. Weißt du, was es heißt, Bob, wenn einem die Luft ausgeht? Ich bin kein Pilot, Bob, und ich wollte nie einer werden, um ehrlich zu sein. Vielleicht wäre aus mir ein guter Pilot geworden, Bob, wer weiß, aber ich habe ja den Jungen gehabt. Du hast die Luft, und du hast dein Haus und deinen Brunnen. Aber es ist nicht deine Tochter.«

Die Volljährige war inzwischen dazugestoßen, sie hatte sich ein Stück entfernt auf den Boden gesetzt, aber nah genug, um zuzuhören. Sie rauchte eine Zigarette.

»Ich habe den Jungen gehabt, Bob. Eine Zeitlang hatten wir unseren Spaß miteinander, das sage ich dir. Wir kletterten auf Bäume, Bob, hoch und runter, der Junge und ich.« Ich hatte die volle Aufmerksamkeit der drei. Sie wußten, daß da noch was war, und jetzt wollten sie die ganze Geschichte.

»Zwei Kilo. Mehr brachte er an seinem ersten

Tag nicht auf die Waage. Zwei Kilo, der Bursche. Ich gebe ja zu, ein bißchen mehr wäre mir lieber gewesen. Es wäre schon schön gewesen, wenn er mehr von seinem Vater gehabt hätte. Aber wie ich auch meiner Frau sagte, als ich den Kleinen zum ersten Mal sah, den kriegen wir schon hin. Das hab ich gesagt. Er war ein munterer Knabe, der Kleine, ganz seine Mutter, als sie noch jünger war. Ein Sonnenschein, wie man so sagt. In der ersten Zeit, so lange, bis die beiden nach Hause kommen durften, schaute ich immer abends nach der Arbeit im Krankenhaus vorbei. Und ich sage es euch, es war eine ernste Sache, neben meiner Frau und dem Kind zu sitzen. Es war ernst.«

Ich trank noch einen tüchtigen Schluck vom Wein und blickte in die Runde.

»Was auch immer, nach einer Weile durfte ich die beiden mit nach Hause nehmen. Der Kleine hatte gut zugelegt und sah seinem alten Herrn immer ähnlicher. Auf der Fahrt hatten die beiden auf dem Rücksitz Platz genommen. Es regnete furchtbar, und ich fuhr vorsichtig durch die Stadt, brachte sie, wie es sich gehört, sicher nach Hause. Er bekam natürlich das beste Zimmer in der Wohnung. Meine Frau und ich wollten es so. Bis zu seinem dritten Lebensjahr plagten ihn aber schlimme Albträume, weswegen er oft bei uns im Bett war. Wenn er zu schreien anfing, lief meine Frau mit ihm durch die Wohnung, bis er sich wieder beruhigte. Ich kann es heute noch hören, sein Schreien, wie aus einer anderen Welt. Morgens aber war er munter, der Kleine, saß einfach da und beobachtete mich, während ich meinen Kaffee trank. Ich sage es euch, er nahm seinen alten Herrn so richtig unter die Lupe, mir war ganz mulmig zumute, wie er mich so anstarrte. Versteht ihr, der Kleine konnte einem so richtig Angst einjagen. Im Betrieb fragte ich die Jungs, die auch Kinder hatten, wie das alles so lief, und sie sagten mir, daß es eine Sache war, in die ich reinwachsen müßte, daß die ersten Jahre der Frau gehörten und daß meine Zeit später kommen würde. Sie sagten: ›Stan, spätestens, wenn der Bursche dein Auto haben will, meldet er sich bei dir.‹ Sie sagten: ›Stan, mach dir keinen Kopf.‹«

Kurz glaubte ich den Faden verloren zu haben, aber dann fiel mir wieder ein, was ich erzählen wollte. Ich entschied mich, die Geschichte auf den Punkt zu bringen.

»Hier fühlte sich also jemand in seinem eigenen Haus beobachtet, was – und das wird jeder verstehen können – dazu führte, daß ich mir hin und wieder einen genehmigte. Jedem von euch würde es genauso gehen. Eines Tages, der Bursche ging langsam auf die Vier zu, entdeckte er den Garten. Das heißt, er entdeckte die Bäume. Ich sage es euch, wenn er nicht auf dem Weg nach oben war, war er auf dem Weg nach unten. Mir lief es kalt den Rücken runter, wenn er da oben zugange war. Ich meine, es waren wirklich hohe Bäume. Unter der Woche konnte ich natürlich nicht aufpassen, schließlich hatte ich ja zu tun, das wird jeder verstehen können. Und sonntags stand ich früh auf und ging auf die Jagd, Enten und Rotwild, ihr wißt schon. Aber samstags warf ich ein Auge auf den Burschen. Man nennt das wohl Vaterinstinkt. Eines Tages, der Junge war gerade mit seiner Mutter einkaufen, versuchte ich es mit einigen von den kleineren Bäumen. Ich hatte meine Jagdhosen angezogen und das richtige Schuhwerk, und nachdem ich ein, zwei von den Dingern hoch- und wieder runtergeklettert war, wagte ich mich an die größeren Dinger ran. Ich machte, wenn ich das so sagen darf, beim Klettern eine ganz gute Figur. Gut. Nun stellt euch vor, wie es dem Jungen ging, als er nach Hause kam und sein Vater nirgendwo zu finden war. Ich meine, es war Samstag. Der Junge wollte wissen, wo sein Vater war. Erst aber aßen die beiden zu Mittag, während ich dort oben auf einem der größten Bäume sitzen blieb. Da kann einer sagen, ich muß doch Hunger gehabt haben, aber nichts da, ich blieb sitzen, bis sie fertig waren und der Junge wieder in den Garten kam. Und jetzt stellt euch mal vor, wie es dem Jungen ging, als er mich da oben entdeckte, versucht euch diese Szene vorzustellen. Ich sage es euch, und besonders sage ich es dir, Bob: dem Jungen hat es gefallen. Aber o.k., ihr habt ein Recht zu wissen, wie es weiterging. Als der Herbst kam und der erste Schnee fiel, war Schluß mit dem Bäumeklettern. Es ging einfach nicht mehr, und der Bursche, der gerade seinen fünften Geburtstag hinter sich gebracht hatte und aus dem ein kleiner Kraftprotz geworden war, ganz sein alter Herr, fing wieder an, sich in der Wohnung herumzutreiben. Und das muß ich ihm lassen, Energie hatte der kleine Teufel, es gab bei ihm einfach kein Stillsitzen.

Also, was macht ein Mann in meiner Lage? Damit der Bursche an die frische Luft kam, einigte ich mich mit Clifford, ihn mit auf die Jagd zu nehmen. Schließlich ging der Junge auf die Sechs zu und hatte noch nie etwas geschossen. Gut, wir fuhren also frühmorgens los. Clifford, der Bursche und ich. Meine Frau war froh, ihre Ruhe zu haben, und hatte uns reichlich mit Brötchen und Kaffee versorgt. »Kommt gut heim, Männer«, hatte sie gesagt, als wir über den Hof zu Cliffords Auto liefen. Ihr könnt euch vorstellen, der Bursche war stolz wie ein Neger. Die Hunde waren hinten, und wir drei saßen vorn und ließen es uns mit Kaffee und Brötchen gutgehen. Es war ein Morgen, der es in sich hatte, und ich war sicher, ich würde diesmal was erwischen. So ist es, manchmal weiß man einfach, daß man was Großes vor das Gewehr kriegt, und ich weiß noch, wie ich zu Clifford sagte, daß ich ein gutes Gefühl hatte. Clifford machte das Radio an, und wir mußten aufpassen, daß der Junge uns noch was von den Brötchen übrigließ. Und ich weiß noch, daß es mich mit Stolz erfüllte, wie der Bursche dort zwischen uns saß und den Kaffee in sich reinschlürfte wie ein kleiner Herr. Clifford hatte es auf die Gänse abgesehen, und wer den alten Cliff kannte, wußte, daß es besser war, ihm da nicht reinzureden, schließlich war es sein Wagen.

Wir hielten etwa eine Meile von der Stelle, wo Clifford die Viecher vermutete, und ich sagte dem Burschen, er solle sich an mich halten und ab jetzt still sein. Nach einer Weile gingen wir alle drei von der Straße runter durch das Gestrüpp, das zum Wasser führte. Es war ein Anblick für den Herrn, das Gestrüpp reichte dem kleinen Teufel bis zum Schädel, und er hatte mit den Gewehren und der Munition gut zu schleppen. Dann, als wir die Viecher vorne am Wasser hören konnten, krochen wir auf allen vieren weiter. Wir näherten uns langsam dem, was Clifford »seine Stelle« nannte. Da waren wir also, und ich gab dem Burschen ein Zeichen, er solle uns die Gewehre reichen. Und das muß man ihm lassen, er machte seinem alten Herrn alle Ehre. Was die Hunde betrifft, kann ich nur sagen, sie verhielten sich wie Jagdhunde. Als der alte Clifford endlich sein Zeichen gab und die Viecher aufscheuchte, hatten wir keine gute Sicht. Die Viecher waren überall, und Clifford ballerte drauflos, daß ich mich ranhalten mußte, um überhaupt noch zum Zug zu kommen.

Und jetzt kommt's. Wir taten unser Bestes, so viele von den Viechern zu erwischen wie nur möglich. Deswegen waren wir ja da. Clifford bekam die meisten, aber ich erwischte auch ein paar von den Teufeln. Ich bekam meinen Teil, so war es nicht. Wie auch immer, das Ganze war schnell vorbei, und Clifford ließ die Hunde los, während ich eins der Viecher, das direkt vor meinen Füßen runtergekommen war, aufhob und in den Sack stopfte. Dann rief ich nach dem Jungen, er sollte gefälligst hierherkommen und bei der Suche helfen. Ich weiß noch, daß ich auf einmal kein gutes Gefühl mehr hatte.

Es war Clifford, der ihn als erstes entdeckte, ich werde sein Gesicht nie vergessen. Einer von uns hatte den Jungen mehrmals erwischt, und ich mußte daran denken, wie er gerade noch mit uns im Auto Kaffee getrunken hatte. Es war einer von uns gewesen, Bob, verstehst du, entweder Clifford oder ich. Vielleicht waren es aber auch wir beide. Was ich sagen will, ist, daß ich Sachen gesehen habe, die du nie sehen wirst, Pilot hin oder her. Und wenn meine Frau sagt, daß sie Luft braucht, dann ist das o. k.«

»Stan?« Es war Liz.

»Liz«, sagte ich.

»Es tut mir leid.«

»Keiner hat was gesehen, Liz.« Ich schaute ihr in die Augen und schüttelte den Kopf. »Mein Gott«, sagte ich.

Ich sah, wie der Pilot aufstand und im Haus verschwand. Ich sah, wie Liz die Volljährige anschaute. Sie sagte »Stan« und ging auch ins Haus. Die Volljährige blieb sitzen und schaute mich an. »Du bist kein glücklicher Mann«, sagte sie.

Die Sache kam jetzt in Gang, mit diesem Satz fing es an. Sie ging mit ins Haus, wir tranken noch was, ich rauchte eine von ihren Zigaretten und sie erzählte mir vom Glück. Ich nahm mir vor, die Küche nachher aufzuräumen und die Kissen zu ordnen. Ich sagte ihr, daß ich es sehr schön finden würde, wenn sie mit mir von Zeit zu Zeit irgendwohin fahren würde. Mit dem Auto. Ich sagte, daß mir so was guttun würde. Ich sagte ihr auch, daß ich mich sehr freuen würde, wenn ich sie manchmal ein bißchen anfassen könnte. Dabei sah ich das Bücherregal an und versuchte mich daran zu erinnern, welche Bände ich am Nachmittag umgestellt hatte.

Wenn meine Frau mir heute mit diesem Mädchen kommt, sage ich ihr, daß ich nicht vorhabe, von hier wegzuziehen. Denn zur Zeit brauche ich vor allem Ruhe. Manchmal sage ich ihr, daß das junge Ding mein zweites Pech gewesen ist. Manchmal sage ich aber auch, daß wir beide noch jung sind und vielleicht nur ab und zu mal ein bißchen Luft brauchen.

Was unseren Freund, den Piloten, betrifft, kann ich nur sagen, er kommt und er geht. Neuerdings stapeln sich Holzbretter in seinem Garten, jede Woche eine Lieferung. Die Männer – es sind immer dieselben – kommen frühmorgens, und ich kann sehen, wie unser Pilot sie mit den ganzen Brettern in den Garten schickt. Was er vorhat, ist schwer zu sagen. Es ist wohl eine Sache, die wir auf uns zukommen lassen müssen.

Letzte Woche bin ich raus zum Flughafen gefahren und habe nach ihm gefragt. Ich bin an den Schalter gegangen, wo die Frauen dieselben Uniformen tragen wie er. Ich habe gesagt, daß ich ihn dringend erreichen müßte wegen einer ernsten Sache. Ich habe der Dame meinen Ausweis gezeigt, aber sie konnten ihn nicht finden. Ansonsten habe ich zur Zeit ein ganz gutes Gefühl.

Jetzt, wo wieder Sommer ist und wir nachts die Fenster offenlassen, wache ich manchmal von dem Brunnen auf und muß darüber nachdenken, wie mein Leben ausgesehen hätte, wenn aus mir ein Pilot geworden wäre. Ich sehe mich dann dort oben im Cockpit, umgeben von Knöpfen und Lichtern, und ich muß zugeben, daß das keine schlechte Vorstellung ist. Und als hätte das eine mit dem anderen was zu tun, muß ich daran denken, wie ich damals vor langer Zeit unser Auto sicher durch die Straßen lenkte. Mit den beiden auf dem Rücksitz.

Alec Baldwin

Für Julie und Nick Dando

In dieser Geschichte gibt es ein paar wichtige Dinge, die damit zu tun haben, Bilanz zu ziehen. Alec Baldwin hat damit nichts zu tun. Trotzdem, wenn ich heute darüber nachdenke, glaube ich, daß Benny Latimore und Angelo Morris recht hatten.

Damals, es war eine Zeit, in der ich gerade nichts zu tun hatte, wohnte ich mit Jenny, die was zu tun hatte, was nicht schlecht war, in dieser Siedlung voller gelber, schmaler Einfamilienhäuser, alle mit flachen Dächern, zwei Stockwerken und einem runden Fenster rechts neben der Tür. Es war das runde Fenster, das es Jenny angetan hatte, wegen dem Fenster haben wir das Haus gemietet. Wie gesagt, Jenny hatte zu tun, was erst mal nicht schlecht war, weil so Geld ins Haus kam, aber auch, weil wir uns zu der Zeit ständig in die Haare kriegten. Heute, wo Jenny nicht mehr bei mir ist und eine andere Frau geworden ist, darf ich sagen, daß es sie mißtrauisch machte zu wissen, daß ich alleine im Haus war, wenn sie zur Arbeit ging. Und das, obwohl ich ihr Mann war und sie meine Frau. Dabei war ich gar nicht den ganzen Tag im Haus, wenn das Wetter gut war, ging ich hierhin und dorthin. Ich ging einkaufen, so was. Wenn Jenny um fünf Uhr morgens im Bad verschwand, ging ich sogar in die Küche, machte mir die Haare naß und schaltete die Kaffeemaschine ein. Es war ihr wichtig, daß ich nicht einfach liegen blieb, es war ihr wichtig, daß es Kaffee gab und daß ich nasse Haare hatte. Sie schien zu glauben, daß ich mich mit nassen Haaren nicht wieder ins Bett legen würde, was ich auch nicht tat, viel lieber legte ich mich, nachdem sie gegangen war, auf die Couch und döste da ein paar Stunden.

Es war an einem dieser Tage, während ich auf der Couch vor mich hin döste, daß mir die Idee mit der Liste kam. Eine Liste mit Stichwörtern zu den schönsten Sachen in meinem Leben. Darüber hatte ich im Fernsehen eine Sendung gesehen, »Bilanz ziehen« war das Thema, und wie ich an jenem Morgen da auf der Couch lag, dachte ich, daß es wahrscheinlich genau der richtige Zeitpunkt war, ein bißchen Bilanz zu ziehen. Einfach mal einen Blick zurückwerfen, kurz vor der Halbzeit. Das konnte nicht schaden, und vielleicht kam so wieder ein bißchen Bewegung in mein Leben. Also ging ich in die Küche, holte ein leeres Blatt Papier, einen Kugelschreiber und die Zigaretten meiner Frau. Ich schaltete die Kaffeemaschine wieder ein und setzte mich, nachdem ich einen Blick durchs Fenster geworfen hatte, an den Küchentisch. Draußen gab es nichts zu sehen.

Ich zündete mir eine Zigarette an, schrieb oben in der Mitte des Blattes »Bilanz«. Ich schaute mir das Wort »Bilanz« lange an. Dann ging ich nach oben ins Schlafzimmer und zog mir meine Hosen an. Ohne Hosen, das paßt nicht zu »Bilanz«. Ich setzte mich auf unser frischgemachtes Bett und mußte an Jenny denken. Sie hatte vergessen, die Vorhänge aufzumachen und das Licht im Bad auszuschalten, was mich aus irgendeinem Grund traurig machte. Aber damit konnte ich mich nicht aufhalten, schließlich galt es, Bilanz zu ziehen.

Das erste, woran ich denken mußte, war dieser Junge, dem ich, kurz nachdem wir das Haus gemietet hatten, bei einem Spaziergang durch unser neues Viertel begegnet war. Es war ein heller Sommertag, und ich ging an den gelben Häusern entlang, die alle das gleiche runde Fenster hatten, und überlegte, ob das jetzt eine gute Gegend war, in die ich gezogen war, oder nicht. Ich blieb stehen, als ich den Jungen sah, und glaubte plötzlich, in der Lage zu sein, die schlimmsten Dinge zu tun. Er war oben auf dem Dach seines Elternhauses, ging auf und ab und redete mit sich selbst. Ich bekam Angst, und es war eine neue Art, Angst zu haben. Wie ich da stand, versuchte ich natürlich zu verstehen, wie er dort hochgekommen war. Ich suchte den Vorgarten nach jemandem ab, der ihm vielleicht dabei geholfen hatte, irgendwo im Haus, sein Vater oder seine Mutter, aber dann dachte ich, daß der Junge ja auch ein guter Kletterer sein könnte, daß er womöglich gar keine Hilfe bräuchte und allein zu Hause war. Und dann dachte ich, daß ich dort nicht einfach so rumstehen sollte, und ging weiter, nachdem ich einen letzten Blick auf den Jungen geworfen hatte. Das auf seinem T-Shirt waren keine Palmen, es war ein Elefant.

Am selben Abend waren wir bei Jennys Freunden Daryll und Jenny Monroe eingeladen. Jenny und Jenny. Daryll war ein großer Mann, und damit meine ich nicht, daß er gut gebaut war, sondern einfach nur, daß alles, was ich von ihm sehen konnte, groß war. Große Hände, großer Kopf, große Füße. Ich konnte hören, wie er in der Küche mit seinen großen Händen Geräusche machte. Daryll war jemand, der kein Problem damit hatte, Lärm zu machen. Daryll lief barfuß. Daryll machte all das nichts aus. Daryll war Polizist, einer von der Sorte, wie sie im Fernsehen zu sehen sind. Und als ich dort auf der Couch saß, die beiden Jennys anschaute und Darylls Geräuschen in der Küche lauschte, überkam mich plötzlich eine schwere Müdigkeit, weil ich wieder an den Jungen denken mußte. Und als Daryll die Drinks brachte, hätte ich ihn sehr gerne gefragt, was er von mir hielt, ob er glaubte, daß ich ein gefährlicher Mann sei. Ich sagte: »Daryll, das hier ist ein verdammt guter Drink.« Die Frauen hörten auf zu reden und schauten erst mich an, dann schauten sie zu Daryll. Der sah nachdenklich aus, so wie nur große Leute nachdenklich aussehen können, und ich hatte das Gefühl, er würde auf irgend etwas warten.

»Daryll?« Es war seine Jenny. »Daryll, Schatz, wenn du Jenny und mir jetzt auch ein paar von diesen leckeren Drinks bringen könntest und uns dann etwas darüber erzählst, was du da draußen erlebt hast, einfach eine kleine nette Geschichte, dann glaube ich, daß wir hier einen besonderen Abend haben werden.« Sie nickte meiner Jenny zu, und die beiden lachten, als Daryll wieder in die Küche ging und seine Geräusche machte.

Daryll erzählte den Frauen und mir folgende Geschichte. Es war etwas, was er erlebt hatte und nie vergessen würde. Eine Sache, nach der Schuldzuweisungen keinen Sinn mehr machten. Es war nach Silvester gewesen. Daryll hatte den Funkspruch kurz vor Feierabend erhalten. Die Adresse, zu der er gerufen wurde, lag auf der anderen Seite der Stadt. Er fuhr an einem kleinen Einkaufscenter vorbei, auf dessen Parkplatz einzelne Autos standen. Er ging vom Gas runter und bog auf den Parkplatz ein. Er machte den Motor aus und blieb erst mal eine Weile im Auto sitzen. Dann stieg er aus. Drinnen war es schön warm, und es wurden immer noch Weihnachtslieder gespielt, was für ihn ein gutes Zeichen war. In einem der Gänge sah er eine junge Frau mit einem Kind auf dem Arm. Die beiden schauten in die Tiefkühltruhe, der Junge streckte den Arm aus, zeigte auf irgendwas, und die Mutter mußte lachen. Daryll ging zu den Süßigkeiten und holte sich eine Tüte Weingummis. Als er wieder im Auto saß, stellte er sich vor, er wäre jemand anders, jemand, der hier in der Gegend wohnte und mehrmals in der Woche herkam, um seine Einkäufe zu erledigen. Er blieb im Auto sitzen, bis er die Frau und das Kind rauskommen sah. Das Kind weinte jetzt, aber die Mutter schien deswegen nicht besorgt zu sein, es war alles in Ordnung. Er wartete, bis sie in ihr Auto gestiegen war. Dann fuhr er los, beeilte sich, um die verlorene Zeit wiedergutzumachen. Die Blaulichter waren schon von weitem zu sehen. Im Schnee vor der Haustür lagen immer noch Knaller, und es gab Fußspuren, viel zu viele Fußspuren für so ein kleines Haus. Im Haus selbst sah alles sehr ordentlich aus. Alle drei waren schon weggebracht worden. Man hatte alles versucht, aber die Mutter und das Kind waren kurz nach der Einlieferung gestorben. Es war eine einfache Sache gewesen. Es war zum Streit gekommen, und der Mann hatte erst ihr, dann dem Kind eine Kugel in den Kopf gejagt. Zum Schluß, nachdem er aus irgendeinem hirnrissigen Grund die Polizei angerufen hatte, hat er sich selbst erledigt. Er hatte der Polizei am Telefon gesagt, daß es ihm wahnsinnig leid täte. »Entschuldigung«, hatte er gesagt. Daryll wußte nicht, warum ihn die ganze Sache so betroffen machte, er meinte nur, daß es besser gewesen wäre, wenn er vorher nicht an dem Einkaufscenter gehalten hätte. Mehr hatte er dazu nicht zu sagen, der Daryll, und seine Jenny auch nicht. »Da habt ihr eure Geschichte«, sagte er und machte mit seinen Eiswürfeln dieses Geräusch.

Draußen konnte ich Mr. Dandos Rasenmäher hören. Ich saß immer noch auf dem Bett und mußte an den Jungen denken. Es war nicht gerade das, was ich mir unter Bilanz ziehen vorgestellt hatte.

Als ich ihn das zweite Mal sah, waren Jenny und ich schon fertig eingerichtet. Es hatte nicht lange gedauert, und schon war es so richtig heimelig bei uns. Eine Woche lag zwischen unserer ersten und zweiten Begegnung. Es war ein verdammt schöner Nachmittag, und ich hatte mich entschieden, nach der Arbeit ausnahmsweise nicht direkt nach Hause zu fahren, sondern mir ein bißchen die Siedlung anzuschauen. Ich fuhr langsam durch die Straßen, hatte alle Fenster runtergekurbelt. Es roch nach frischgemähtem Gras und nach Holzkohle, und ich dachte, daß es bald an der Zeit war, den Grill rauszuholen. Ich bog nach rechts ab und nach links, wobei ich darauf achtete, schön langsam zu fahren. Ich schaute mir alles an. Einmal fuhr ich sogar an unserem Haus vorbei. Jenny trug gerade einen Karton ins Haus. Ich sah, wie sie den Karton auf den Boden stellte, um nach Luft zu schnappen, und da merkte ich, daß es Zeit für einen Drink war.

Ich nahm den erstbesten Laden. Der Typ hinter der Bar, ein kleiner drahtiger Kerl aus Übersee, unterhielt sich gerade mit zwei Männern in Arbeitshemden. Der eine sagte: »Nicht schießen, Bob!«, woraufhin Bob zu mir rüberkam und fragte, was ich wolle. Ich sagte ihm, daß ich verdammt gut einen Drink vertragen könnte und daß ich, wenn es ging, ein paar von diesen Rühreiern mit Speck essen würde. Ich hatte so was in meinem Leben bisher noch nie getan, Rühreier am Nachmittag. Ich sah, wie das Licht von draußen unter dem Türspalt in den Laden kroch und ein Dreieck auf dem Boden bildete. Ich dachte an die Autos da draußen, von denen eines mir gehörte. Ich aß was von den Eiern und trank mein Glas aus. Dann nahm ich ein Sixpack aus der Kühlbox, klemmte es mir unter den Arm und wünschte Bob und den beiden Idioten noch einen schönen Tag. Klar fuhr das Auto sich jetzt besser.

Ich fand ihn unten an der Schule. Das heißt, ich fand ihn hinter den flachen Gebäuden, dort, wo das offene Gelände anfing, an dessen Ende die Autobahn zu sehen war. Später wurde auf dem Gelände eine riesige Bowlinghalle gebaut, eine tolle Sache, wie ich fand. Es waren noch drei, vier andere Jungs dabei, und ich muß zugeben, ich hätte ihn nicht erkannt, wenn er nicht sein T-Shirt angehabt hätte. Mich blendete die Sonne, als ich das Gelände betrat und auf die kleine Gruppe zuging. Ja, so machte ich es, ich ging einfach raus aufs offene Gelände und auf die Jungs zu, ohne zu wissen, was passieren würde. Das Bier hatte ich dabei, Bier war genug da. Als ich mich näherte, sah ich, wie die kleine Gruppe mich anschaute. Ich merkte, daß alle außer ihm etwas größer waren, als ich gedacht hatte, und mir schoß durch den Kopf, daß es vielleicht doch keine gute Idee gewesen war, hierherzukommen. In der Ferne sah ich die Autos unnatürlich langsam vorbeifahren, und für einen Moment war ich mir nicht sicher, ob das tatsächlich die Straße war, auf der ich jeden Tag in die Firma fuhr.

Es fing damit an, daß sie kein Bier trinken wollten. Sie wollten lieber sehen, wie schnell ich alle sechs Biere runterkriegte. Das war für sie so eine Art Spiel, und ich dachte, daß wir uns schon irgendwie einigen könnten, wenn ich mitmachte. Es wurde nicht viel geredet. Der Junge sagte kein Wort und bildete auf Befehl von einem der älteren Jungs zusammen mit den anderen einen Kreis um mich herum. Die ersten vier Biere gingen ganz gut, aber als ich das fünfte aufmachen wollte, fiel mir das Feuerzeug hin, und ich mußte auf allen vieren kriechen, um das verdammte Ding zu finden. Beim Aufstehen sah ich, wie einer der Jungs einen Stock in der Hand hielt. Ich schaffte das fünfte Bier, und als ich ansetzen wollte, um das letzte zu trinken, fingen sie an zu klatschen, und ich dachte, daß es das jetzt war. Nach dem letzten Schluck warf ich die Flasche weg, ich schleuderte das Scheißding einfach über die Köpfe der Jungs hinweg. Dann sagte ich den Jungs, daß ich jetzt wirklich nach Hause müßte.

»Lauf!« Es war der Junge mit dem Stock, der sprach.

Ich hatte es beinahe bis zur Rückwand des Gebäudes geschafft, als ich hinfiel. Ich weiß noch, wie ich dachte, daß jetzt wohl meine Hose dreckig war, was die ganze Sache noch schlimmer machte. »Liegen bleiben!« Wer diesmal sprach, war schwierig zu sagen. Ich spürte, wie jemand nach meinen Armen griff und sie festhielt. Dann spürte ich ein schweres Gewicht auf meinem Rücken. Sie zogen meine Hosen runter und fingen mit dem Stock an. Es war schlimm, eine furchtbare Schweinerei, ich mußte mich sogar übergeben. Als sie fertig waren, ging ich vorsichtig zum Auto zurück und holte die Taschentücher aus dem Handschuhfach, um mich hinten sauberzumachen. Es war kein Blut auf meine Anzugshose gekommen, was mich ein wenig beruhigte. Ich schaute auf die Uhr und dachte, daß ich mich jetzt aber wirklich beeilen müßte. Ich warf ein paar Minztabletten ein, ließ die Scheiben runter und machte das Radio an.

Als ich in unsere Straße einbog, sah ich, wie die Dandos im Vorgarten ein großes Zelt aufgestellt hatten. Es war beinahe so groß wie das ganze Haus und hatte rote und blaue Streifen wie ein Zirkuszelt. Ich parkte den Wagen in unserer Einfahrt und schaute mir im Rückspiegel dieses riesige Ding an. Im Zelt schien es dunkel zu sein. Ich wartete, hoffte auf ein Zeichen, aber keine der Lampen dort drüben ging an. Niemand zu Hause. Klar, es war ein Schock für Jenny, als ich ihr erzählte, wie die beiden dunkelhäutigen Typen mich in dieser Bar verprügelt hatten, wie sie einfach dort hereingestürmt waren, als ich mir nach einem anstrengenden Tag gerade einen gönnen wollte. Diese beiden Typen, die nur die eine Sprache kannten, »die Sprache der Gewalt«. Klar, ich mußte sie erst mal in den Arm nehmen, bevor sie sich beruhigte. Klar half es, als ich ihr sagte, daß das Ganze sich in einer anderen Gegend abgespielt hatte. Klar fand sie es besser, über die Sache mit niemandem zu sprechen. Und dann, während ich im Bad verschwand, um mich noch mal richtig sauberzumachen, ging sie in die Küche und kochte mir was Leckeres.

In jener Nacht stand ich auf und trat ans Fenster, um mir das Riesending auf der anderen Straßenseite noch mal genauer anzuschauen. Ich machte sogar das Fenster auf. Es war eine laue Nacht, und ich sah, wie hier und dort etwas über unseren Rasen huschte. Ich sah unseren Wagen in der Einfahrt. Als ich am frühen Morgen endlich einschlief, träumte ich von wilden Tieren in Afrika.

Der Rasenmäher lief immer noch. Ich trat ans Fenster und fragte mich, wie groß der Rasen sein konnte. Drüben sah ich, wie Mr. Dando in seinem Vorgarten stand und ein Glas Milch trank, während die Maschine neben ihm lief. Anfangs hatte ich ihn oft in seinem Garten besucht, und er war hin und wieder in unsere Einfahrt gekommen. Ich klopfte an die Scheibe. Aber dann fiel mir der Zettel ein, und ich mußte wieder an den Jungen denken.

Nachdem ich in die Situation hinter dem Schulgelände geraten war, schaute ich nach der Arbeit immer öfter mal bei Little Bob vorbei, um mir einen zu genehmigen. Egal, zu welcher Uhrzeit ich bei Bob reinschneite, er hatte immer ein paar Eier und was von dem Speck für mich übrig. Spätnachmittags war selten was los, und so kam es, daß Bob und ich ins Gespräch kamen. Wenn er mir von seiner Frau erzählte, sagte ich immer: »Erzähl mir nichts von der Liebe.« Einmal, ich gebe zu, ich hatte schon den einen oder anderen Drink zu mir genommen, fragte ich Little Bob, als er gerade die Eier briet, ob er mir eine von den kleinen Dingern zeigen könnte. Wir hatten schon vorher mal über das Thema Handwaffen gesprochen und wie sie bei der Jagd eingesetzt werden konnten, und ich dachte, daß jetzt der richtige Zeitpunkt gekommen war, einen Schritt weiter zu gehen. Natürlich warteten wir, bis der Laden leer war, dann holte Little Bob aus dem Hinterzimmer diese kleine silberne Pistole. Ich nahm das Ding in die Hand. Sie war schwerer, als ich mir vorgestellt hatte, und ich dachte, daß es Jenny auf jeden Fall überraschen würde, wenn sie mich so dort an der Theke sehen würde. Ich sagte Little Bob, daß ich gerne probieren würde, wie es ist, draußen vor dem Laden mit einer Pistole rumzulaufen. Als ich zurückkam, sagte ich ihm, daß das ganze für mich o.k. war, mit der Pistole und so.

Also, es war Bobs Pistole. Ich wollte wissen, wie die Sache sich entwickelte, wenn der Junge alleine war und ich eine Pistole hatte. Es sollte keiner verletzt werden, aber es gab einiges zu klären, weswegen ich also dort im Auto vor seinem Haus saß und in dieser furchtbaren Hitze auf ihn wartete. Es war mittags, sein Vater hatte schon sehr früh das Haus verlassen, nicht ohne vorher zu mir herüberzuschauen. Ich aß gerade ein Stück Schokolade und trank dazu ein Bierchen, als der Junge um die Ecke bog. Ich wartete, bis er durch das offenstehende Gartentor ging und hinter dem Haus verschwand. Erst als er oben war, schlich ich mich zum Haus rüber. Ich kroch ein gutes Stück über den Rasen, so daß ich ihn dort oben besser sehen konnte. Ich schaute zu, wie der Elefant da oben im Wind flatterte.

»Hey!« Der Junge stand ganz vorne am Rand des Daches. »Das ist nicht Ihr Garten.« Ich hatte mir einige Sätze zurechtgelegt für dieses Treffen, sagte jetzt aber nichts dazu, sondern ging ein Stück auf das Haus zu, damit der Junge mich besser sehen konnte. Ich wollte sicher sein, daß er mich erkannte. Er lachte aber nur und fragte: »Was ist?«

»Wie ist es da oben, du hast doch einen tollen Blick, oder?« Das war kein Satz, den ich mir zurechtgelegt hatte. Aber jetzt, wo ich hier in diesem Garten stand, wußte ich nicht mehr, was ich sagen sollte. Außerdem machte es mir zu schaffen, ständig nach oben gucken zu müssen.

»Mr.! Hey, Mr.!« Der Junge winkte mir zu.

»George«, sagte ich, »mein Name ist George.«

»O.k., George, das hier ist nicht Ihr Garten. Können Sie mir folgen? Sie gehören hier nicht hin. Also gehen Sie dorthin, wo sie hingehören.«

»Ich bin neu hier, weißt du, und würde gerne

hochkommen und mir alles mal von da oben aus anschauen. Ich denke, daß wir dann einen Schritt weiter wären.«

»George?«

»Ja?«

»Verpiß dich, George, du alter Wichser.«

Das war alles, was er mir von dort oben aus zu sagen hatte. Es war eigentlich nicht die Art, wie man mit einem Erwachsenen spricht. Ich holte die Pistole aus der Tasche. »Mein Sohn«, sagte ich. »Was ich hier habe, ist eine Pistole, und ich verspreche dir, wenn du mir nicht sofort zeigst, wie ich nach oben komme, um einen Blick auf mein neues Viertel zu werfen, dann werde ich dich töten. Also, zeig mir die verdammte Leiter, oder ich schieße.«

Jetzt, wo die Pistole im Spiel war, machte der Junge mit und sagte mir, daß ich auf den Mülleimer steigen sollte, um von da aus auf das Garagendach zu gelangen. Vom Garagendach bis zum Dach des Hauses war es nur ein Katzensprung. Ich machte das alles mit einer Hand. Als ich oben angekommen war, steckte ich das verdammte Ding wieder in die Hosentasche und sagte zu dem Jungen, der zusammengekauert am äußersten Rand des Dachs saß: »So, jetzt ist gut.«

Und als ich meinen Blick über die Siedlung schweifen ließ, machte ich eine Entdeckung. Drüben hinter der Autobahn, hinter dem Fußballstadion und dem Chinesenviertel, sah ich die Lichter meiner damaligen Firma leuchten. Ich merkte auf einmal, daß ich genausogut durch das verdammte Chinesenviertel hätte fahren können, um zur Arbeit zu kommen. »Komm her«, sagte ich und winkte dem Jungen zu, »ich möchte dir was zeigen, komm einfach her.« Ich holte die Pistole wieder aus meiner Tasche. »Mein Sohn!« Ich zeigte mit der Pistole hierhin und dorthin. »Das ist alles«, sagte ich, »mehr gibt's nicht.« Soviel zum Bilanz ziehen.

Also, ich war in Gedanken gerade bei dem Jungen, als Angelo und Benny mich vom Betrieb aus anriefen. Ich schaute auf die Uhr neben dem Bett, die Jungs hatten Mittagspause und wollten ihren alten Kollegen ärgern. Angelo Morris und Benny Latimore, was soll man dazu sagen. A.M. und B.L.

»Wir sind's.« Es war Angelo, der sprach. So mochte er es am liebsten.

»A.M., B.L. Was gibt's neues an der Front?« Das war eine Frage, die ich immer gerne stellte.

»George, weißt du, was ich gerade zu B.L. gesagt habe?«

»Ich weiß es nicht, A.M., weil ich ja nicht mehr da bin. Wäre ich dort, wo ihr gerade seid, dann hätte ich es natürlich gewußt, aber so geht's nicht.«

»Du hast recht, George, natürlich. Du bist nicht

mehr da. Ich werde es dir sagen. Ich werde dir sagen, was ich gerade zu B.L. gesagt habe, der mir ohne mit der Wimper zu zucken recht gegeben hat. Stimmt's, Benny? Wir haben sogar ein paar von den anderen gefragt, George, und ich würde sagen, daß wir uns alle einig sind.«

»Worauf habt ihr euch denn geeinigt, A.M.?«

»Alec Baldwin.« A.M.s Stimme klang feierlich.

»Was ist mit Alec Baldwin, A.M.?« Mir war plötzlich nicht ganz wohl bei der ganzen Sache. Daß sie sich einig waren über etwas, das mit meiner Person zu tun hatte, gab mir das furchtbare Gefühl, daß mich jetzt alle sehen konnten, wie ich dort im Schlafzimmer hinter den Vorhängen stand.

»Du bist gemeint, George.«

»Wie, ich bin gemeint?«

»Du siehst aus wie Alec Baldwin. Und wir beiden wollten einfach wissen, was du davon hältst? Ich meine, jetzt wo du nicht mehr hier bist. Es gibt Schlimmeres, weißt du, George.«

»Ich weiß, A.M. Grüß Benny und die anderen von mir.«

»B.L. läßt dich auch grüßen, Alec.«

»Danke, A.M.«

»Bitte, Alec.«

»Mach's gut, A.M.«

»Mach's gut, Alec.«

Ich wartete, bis er aufgelegt hatte. Dann ging ich ins Bad und ließ Wasser in die Wanne laufen, warmes Wasser. Ich drehte mich vor dem Spiegel, ganz langsam, ich hatte es ja nicht eilig. Ich zog meine Sachen aus. Noch einmal würde ich hingehen und dann nie wieder. Ich setzte mich in die Wanne, wusch mich gründlich unter den Armen und seifte mir extra die Füße ein. Nach dem Baden trocknete ich mich gründlich ab und cremte meinen Körper ein. Ich faßte mich so richtig an, drückte mal hier, mal dort. Dann ging ich wieder ins Schlafzimmer, legte mich aufs Bett und griff nach dem Hörer. Als sie abnahm, sagte ich zuerst gar nichts.

»Wer ist da, bitte?«

»Hier ist Alec«, sagte ich mit verstellter Stimme.

»Welcher Alec?« Sie klang nicht begeistert.

»Der Alec«, sagte ich.

»Bist du das, George? Was machst du zu Hause, warum bist du immer noch zu Hause? Hast du geschlafen?«

»Hier ist Alec«, sagte ich wieder.

»Alec, wer?«

»Baldwin.« Ich buchstabierte: »B a l d w i n.«

»Kenne ich nicht.«

Sie legte auf. Kurz darauf klingelte es. Ich ging nicht ran. Während ich mich anzog, versuchte sie es noch einmal.

»Ja?« Jetzt sprach ich mit meiner normalen Stimme.
»Was machst du?«
»Hallo, Jenny, wie geht es dir, mein Schatz? Ist alles klar bei dir?«
»Warum bist du zu Hause? Die Sonne scheint.«
»Ich weiß, mein Schatz, ich war ja schon draußen, ich habe uns einen leckeren Schinken besorgt. Heute ist so ein Tag, an dem wir beide ein bißchen Schinken verdient haben, also bin ich raus und habe einen Schinken gekauft.«
»Du hast Schinken gekauft?«
»So ist es, Jenny, Schinken für dich und für mich. Vielleicht bringst du heute abend ein paar nette Kollegen mit, und wir essen den Schinken zusammen. Was hältst du davon?«
»George, was ist los?«
»Ich habe gebadet, Jenny. Und ich hab den neuen Pulli angezogen.«
»George?«
»Ich werde noch mal hingehen, Jenny.«
»Das tust du nicht, George.«
»Doch, das tue ich.«
»George?«
»Wenn du heute abend zurückkommst, gibt es Schinken.«

Es war Nachmittag, als ich das Haus verließ. Einige meiner Nachbarn waren schon von der Arbeit zurück, ihre Autos standen da. Ich überquerte die Straße und ging drüben an Mr. und Mrs. Dandos Haus vorbei. Es dauerte nicht lange, und ich hatte das Haus wiedergefunden. Die Leute, die jetzt dort wohnten, hatten sogar die Vorhänge übernommen. Ich schaute zu dem Fenster, wo sein Zimmer gewesen war, aber es gab nichts zu sehen. Ich schaute hoch zum Dach. Dann schaute ich auf meine Uhr und machte mich wieder auf den Nachhauseweg. Alles in allem ging ich denselben Weg wieder zurück, machte nur unten an der Schule einen kurzen Halt. Obwohl es noch hell war, lagen die Klassenzimmer alle im Dunkeln. Als ich zurückkam, stand Jennys Auto vor der Garage. Ich war höchstens eine Stunde weggewesen, mehr nicht.

Im Wohnzimmer lief der Fernseher. Sie war hinten. Auf dem Küchentisch standen Cornflakes und die Schale mit Zucker. Natürlich hatte ich Angst. Der Zettel lag immer noch da. »Bilanz« stand oben in der Mitte, und darunter hatte Jenny ein paar Zeilen geschrieben, mit klaren, einfachen Worten. Worte, zu denen es nicht viel zu sagen gab. Ich nahm den Zettel und warf ihn in den Mülleimer. Dann ging ich ans Küchenfenster und drehte das Wasser auf, ließ das Zeug einfach so rausschießen. Als ich nach hinten ging, wünschte ich, ich hätte den verdammten Schinken gekauft.

»Jenny?«

Sie antwortete nicht.

»Jenny, ich bin wieder da. Was schaust du denn, Jenny?«

»Ich weiß es nicht, ich weiß es nicht mehr, George«, sagte sie, ohne sich umzudrehen.

»Goldminen, Jenny! Ich glaube, du schaust dir gerade eine Sendung über Goldminen an. Und weißt du, was ich glaube, Jenny? Ich glaube, daß ich jetzt in diesem Moment zum ersten Mal in meinem Leben eine Goldmine sehe, verstehst du, es ist das erste Mal.«

»George?«

»Warte, Jenny! Bitte schau mich zuerst an, schau mich ganz genau an und sag mir, wem ich ähnlich sehe.« Ich stellte mich vor den Fernseher und lächelte sie an.

»George.«

»Komm, Jenny. Und wenn es das letzte ist, was du für mich tust.« Ich ging in die Knie. »Komm, Jenny, wer bin ich?«

»Du bist George.«

»Ich habe Schinken dabei«, sagte ich. »Aber nur, wenn du willst...« Ich konnte das Plätschern aus der Küche hören und dachte, daß ein Lebensabschnitt für mich zu Ende ging. Und damit hatte ich auch recht.

Am Abend kam Daryll vorbei. Es war das erste Mal, daß ich ihn in Uniform sah. Als ich ihn fragte, ob er Hunger habe, sagte er nein. Er wollte lieber wissen, was es mit dem Wasser auf sich hatte. Und ob ich diesen Jungen schon einmal gesehen hätte. Und das in meinem eigenen Haus. Er zeigte mir ein Foto, und ich sagte ihm, daß ich mit dem Jungen schon einmal zu tun hatte, ihm aber leider nicht sagen könnte, wo er im Augenblick war. Ich sagte: »Daryll, jetzt setz dich erst mal hin und laß es dir gutgehen.«

Heute bin ich hier oben. Es hat gedauert, aber langsam gewöhne ich mich an die Kälte. Ich habe mit keinem der Leute von damals mehr zu tun. Auch nicht mit A.M. oder B.L. Jenny? Das habe ich ja bereits gesagt, die ist jetzt die Frau eines anderen. Und Daryll? Der fing irgendwann an, diese Fellsachen zu tragen. Im Sommer wie im Winter. Sogar im Haus trug er Fell. Er trug Fell, bis seine Jenny genug hatte. Was die Sache mit Alec Baldwin betrifft, kann ich nur sagen, daß ich eine Weile darauf achtete, daß es mir keine Vorteile brachte. Little Bob? Der war in Ordnung, keine Frage. L.B und A.B. Sonst kann ich mich hier frei bewegen, das Essen ist nicht schlecht, und wer fernsehen will, der kann fernsehen.

Sehnsucht nach Nelly

An dem Tag, als ich bei meinem Arzt die Nachricht erhalten hatte, kamen Les und seine neue Frau Nelly zu Besuch. Les, den ich seit meiner Kindheit kannte, war mein bester Freund. Er war einer der wenigen, die nie vorgehabt hatten, von hier wegzuziehen, genau wie ich. Wir wußten zwar, daß es da draußen einiges zu sehen gab, aber es war nicht wirklich wichtig für uns. Außerdem kam es durchaus vor, daß Les und ich von unserem Chef mal hierhin, mal dorthin geschickt wurden. Les und ich kamen schon herum, so war es nicht. Les' frühere Frau, eine zierliche, dunkelhaarige Frau mit Silberschmuck, fuhr damals, als sie noch mit Les zusammen war, hin und wieder zu ihrer Schwester an die Ostküste. Les aber blieb hier. Alles in allem war sie eine gute Frau, die Frances, ein kreativer Mensch, wie meine Frau zu sagen pflegte. Da sie aber jetzt nicht mehr die Frau von Les war, gibt es darüber auch nicht mehr viel zu sagen.

Lone und ich taten unser Bestes, um uns an die Neue zu gewöhnen. Nelly war die neue Frau in Les' Leben, und so veränderte sich auch etwas in unserem Leben. Es war merkwürdig, diese neue Frau in Les' Haus zu sehen, irgendwie kam es Lone und mir so vor, als wäre Les' Haus für Nelly zu klein. Nicht, daß Nelly besonders groß war, aber sie schaffte es, so wie sie sich durch Les' Wohnzimmer bewegte, den Eindruck zu hinterlassen, das Haus wäre nichts für sie. Sonst hatte sich seit ihrer Ankunft in Les' Haus nicht viel verändert. Die Möbel, die Frances gekauft hatte, blieben, das Geschirr und die Gläser ebenso, nur im Bad roch es anders. Im Bad roch es nach Nelly. Frances hatte nichts mitgenommen und Nelly hatte nichts mitgebracht, in dieser Hinsicht war Les' Haus das Haus geblieben, das ich kannte.

Les lernte Nelly kennen, während er noch mit Frances zusammen war. Das weiß ich, Lone weiß es nicht. Ich glaube, es fing an dem Abend an, als wir unten in Frisco zu tun hatten. Les und ich sollten die Explosion eines Gasofens klären. Es war das erste Mal, daß wir mit einem unserer Geräte Pech hatten, und unser Chef hatte Les und mich gebeten, die Sache schnellstmöglich zu regeln. Er hatte uns dieses Schreiben mitgegeben, das wir dem Hauseigentümer persönlich überreichen sollten. »Das ist alles, was anderes müßt ihr nicht machen«, hatte er gesagt.

Auf dem Weg hatten wir unsere Späßchen gemacht. Wir kamen auch auf das Thema Frauen zu sprechen. So waren Les und ich, das war nichts

Neues. Les hatte dieses silberne Fläschchen mitgebracht, aus dem er während der Fahrt hin und wieder einen Schluck nahm. Es war schon später Vormittag, als wir in die Einfahrt des kleinen Bungalows bogen. Les fuhr die letzten paar Meter sehr langsam, ich glaube, er war so überrascht wie ich. Die Hauswand vor der Küche war eingestürzt, und wir konnten durch die Küche direkt ins Wohnzimmer blicken. Im Wohnzimmer stand ein Mann. Es war wie gesagt das erste Mal, daß wir mit einem unserer Geräte Pech hatten, und ich glaube, keiner von uns wußte so richtig, was er tun sollte. Ich fragte Les, was er von der ganzen Sache hielt, und er sagte, daß er sich nicht sicher war, was er davon halten solle. »Die Mauer ist jedenfalls weg«, sagte er.

»Ich mach's«, sagte ich, stieg aus dem Auto und ging auf das Haus zu. Ich versuchte so zu gehen, daß der Mann, der im Wohnzimmer stand, sehen konnte, wie traurig mich die ganze Sache machte. Ich trat in die Küche. Es war sehr merkwürdig, ein Haus auf diese Weise zu betreten, und mir fiel ein, ich hätte vielleicht irgendwo klopfen sollen. »Mr. Yates«, sagte ich und nahm den Brief aus meiner Innentasche. Mr. Yates, der eine starke Ähnlichkeit mit meinem Schwager aus Tuscon hatte, lächelte mich freundlich an. Es schien so, als versuchte er, mir die ganze Sache zu erleichtern. »Im Namen der Firma Onblow möchte ich Ihnen unser Beileid aussprechen.« Mehr hätte ich eigentlich nicht sagen dürfen, trotzdem fügte ich hinzu: »Es ist das erste Mal.« Mr. Yates sagte darauf nichts, er lächelte mich einfach nur an. Als ich wieder im Wagen saß, sah ich, daß auch Les lächelte, und eine Zeitlang lächelten wir alle drei. Heute glaube ich, daß wir etwas gesehen hatten, wozu es nicht viel zu sagen gab.

Später aber, als wir in Frisco zu Mittag aßen, merkte ich, wie Les das, was wir gesehen hatten, unbedingt jemandem mitteilen wollte, es war, als müßte er sich von der ganzen Sache reden hören, um es selber glauben zu können. »Da steht dieser Mann im Wohnzimmer, ohne Wand und alles«, sagte er zu der Frau hinter der Theke, während wir uns die Karte anschauten. »Das sind Sachen, die einfach passieren. Du hast eine Wand, und eines Tages hast du keine mehr.« Ich glaube, es waren solche Bemerkungen, mit denen Les die Frau hinter der Bar, die Frau, die später bei Lone und mir auf der Couch sitzen würde, beeindruckte. Les hatte eine Menge zu erzählen, und Nelly war gerne bereit, sich alles anzuhören.

Wie auch immer, so war jedenfalls die Lage an dem Tag, an dem ich die Nachricht erhalten hatte. Ich stand in der Küche und sah die beiden durch den Vorgarten auf das Haus zukommen. Les hatte ein Hemd an, das ich nicht kannte, und trug wie ich noch immer die »Firmenhose«. Es war nicht unüblich, daß wir aus der Serviceabteilung auch nach Feierabend unsere »Firmenhosen« anbehielten, denn es waren schöne Hosen. Manchmal trugen wir sogar sonntags unsere »Firmenhosen«. Wenn ich sonntags in diesen Hosen unterwegs war, hatte ich einfach das Gefühl, auf die bevorstehende Woche gut vorbereitet zu sein. Les hielt in seiner linken Hand eine Flasche, die andere Hand hatte er um Nellys Hüfte gelegt. Es war Les, wie ich ihn kannte, seit Frances von der Bildfläche verschwunden war. Nelly trug dieses Kleid, das ständig die Farben änderte, wenn Licht darauf schien. Sie sah fantastisch aus, hatte gute Beine und alles. Wie ich sie da so sah, konnte man meinen, sie wären ein Paar auf dem Weg wohin.

Ich sagte: »Sie sind da«, und ging, nachdem sie ein paarmal geklingelt hatten, zur Tür.

»Wer ist denn dieser Mann? Wer ist denn dieser hübsche Kerl, kenne ich den?« Das war Les, wenn er gute Laune hatte. Er hielt mir die Flasche entgegen und verbeugte sich. Das mit dem Verbeugen und Mich-einen-hübschen-Kerl-Nennen war etwas, womit er erst seit kurzem angefangen hatte.

Nelly sagte: »Abend, Jim«, und zwinkerte mir zu.

»Abend, Nelly«, sagte ich, und dann sagte ich noch: »Das ist unser Les.«

Wir machten es uns erst mal im Wohnzimmer

gemütlich, während Lone in die Küche ging und unsere Drinks holte. Schon am Vormittag, als ich vom Arzt zurückgekommen war, hatte ich mir einen genehmigt. Ich hatte Lone nichts erzählt.

»Ooooh«, sagte Les, als Lone mit den Drinks und den Nüssen ins Wohnzimmer kam.

»Das ist es ...«, sagte Nelly.

»Auf die Wirtin«, sagte ich und stieß erst mit Nelly, dann mit meiner Frau und schließlich mit Les an, der mich verschwörerisch anlächelte. Es hatte angefangen zu schneien, und wir schauten in den Garten, wo langsam alles weiß wurde. »Zwei Wochen zu spät«, sagte Les. Ich hörte die Tür von Jocks Zimmer aufgehen. Jock war unser Junge und zu der Zeit ein ziemlicher Einzelgänger. Es kam selten vor, daß er nach der Schule mit den Jungs etwas unternahm, er spielte kein Fußball und ging nicht Fischen. Aber er war mein Sohn, und Lone war seine Mutter.

»Laß es bis Montag so weiterschneien, und wir bleiben zu Hause, Jim.« Es war Les, der sprach, und genau in diesem Moment sahen wir den ersten Schneeball kommen. Das heißt, ich weiß nicht, ob die anderen ihn sahen, aber ich sah ihn. Er traf die Scheibe mit ziemlicher Wucht. »Das ist ein Ding«, sagte Nelly und lachte. Ich wußte ehrlich gesagt nicht, was es da zu lachen gab. Es waren neue Scheiben. Aber ich merkte, daß sie das anders sah, und versuchte, so gut ich konnte, ein bißchen zu schmunzeln. Ich sagte: »Kinder.«

Dann sah ich den nächsten kommen, und diesmal hatte ich das Gefühl, jemand da draußen wollte es darauf ankommen lassen. Beim Aufprall zitterte die ganze Scheibe, der Wurf war noch härter als der erste. Unter anderen Umständen hätte ich gesagt, es war ein guter Wurf. Aber wie ich dort mit Nelly, Les und Lone saß, wünschte ich mir sehr, die Leute da draußen würden damit aufhören. »Treffer!« sagten Nelly und Les gleichzeitig, und dann lachten sie darüber, daß sie es gleichzeitig gesagt hatten. Les tat, als hätte er Angst, und versuchte, sich hinter Nelly zu verstecken. Nelly lachte. Dann sah ich wieder einen und stand auf. »Jetzt ist er wütend«, sagte Nelly. Diesmal traf der Schneeball die Scheibe mit einer solchen Wucht, daß sogar Les und Nelly den Ernst der Lage begriffen. Es war jetzt für jeden klar, daß wir es hier nicht mit Kindern zu tun hatten.

Erst dann sah ich, daß Jock zu uns gestoßen war. Er stand hinter mir und schaute in den Garten, wie wir anderen auch. Ich überlegte, ob ich ihn rausschicken sollte, damit wir feststellen konnten, womit wir es hier zu tun hatten. Wir warteten alle, was als nächstes passieren würde. Nach einer Weile sagte Les: »Frieden ist eingekehrt«, hob sein Glas und sagte: »Auf den Frieden.«

Ich nahm mein Glas und sagte: »Du sagst es, Les, wenn einer es sagt, dann bist du es.« Als ich mich umdrehte, sah ich, daß Jock nicht mehr im Wohnzimmer war. Was Nelly und Les wohl von ihm hielten? »Gibt's hier vielleicht jemand, der Hunger hat?« fragte ich, um meine Frau ein bißchen in die Gänge zu bringen.

»Ich habe Hunger«, sagte Les. Dann überlegte er eine Weile und sagte: »Nelly hat auch Hunger, wenn ich also nicht ganz falsch liege, dann gibt es hier ein paar hungrige Leute.«

Meine Frau schaute zu mir, schaute in den Garten, und dann schaute sie zu den beiden dort auf der Couch. »Wenn hier ein paar hungrige Leute sitzen, dann werde ich zusehen, daß es etwas zu essen gibt.« Bevor sie in die Küche ging, um nach dem Fleisch zu sehen, blickte sie noch einmal in den Garten und sagte: »Kinder.«

Als sie weg war, schaute ich Nelly und Les an und sagte: »Kinder. Kinder ist gut«, wobei ich meinen Kopf schüttelte und mit den Augen rollte.

»Nelly hat Kinder.« Les griff nach der Schale mit den Nüssen. Dann baute er aus den Nüssen in seiner Handfläche einen kleinen Turm und wiederholte, was er gerade gesagt hatte: »Nelly hat Kinder.«

Ich schaute mir die beiden genau an, sie in ihrem Sommerkleid und Les in seinem neuen Hemd. Ich wußte, daß Les über viele Sachen Bescheid wußte und zu allem etwas zu sagen hatte, aber was Nelly betraf, war ich mir nicht so sicher. Nelly hatte Kinder, arbeitete in Bars und trug im Winter Sommerkleider, aber ob sie wie Les über die großen Themen des Lebens sprechen konnte? Les und ich waren uns damals nämlich einig, daß es mehr geben mußte zwischen Himmel und Erde.

»Jim, was hältst du von der ganzen Sache?« Les hatte die Nüsse in die Schale zurückgelegt und rieb sich die Hände. Er sah ernst aus.

»Welche Sache, Les?« sagte ich und schaute erst Nelly, dann ihn an. Auch Nelly schaute Les an.

»Die Sache mit den Schneebällen«, sagte er.

Ich wußte nicht, worauf er hinauswollte, aber es war klar, ihm lag etwas auf dem Herzen. »Was geht in so jemandem vor, Jim? Wer macht so was?« fragte er.

»Es sind große Kinder, Les. Sie tun das und denken nicht viel darüber nach.«

»Das glaube ich nicht, Jim. Sie machen es aus einem Grund. Vielleicht wissen sie es selber nicht, aber einen Grund gibt es immer«, sagte er.

»Und was ist der Grund, Les?« Es war Nelly, die sich zu Wort meldete.

Les schaute sie eine Weile an, und dann sagte er, daß er sich sehr freuen würde, wenn sie ausnahmsweise in die Küche gehen und Lone mit dem Fleisch helfen würde. »Jim und ich brauchen nur eine Minute, Mädchen«, sagte er, als sie aufstand. »Es gibt Fleisch, ich kann es riechen«, sagte er dann und beugte sich händereibend nach vorne.

Aus Jocks Zimmer über mir hörte ich ein Geräusch, das ich bisher aus seinem Zimmer noch nie gehört hatte. Es war, als würde etwas Schweres über den Boden geschoben. Ich schaute Les in die Augen und fragte: »Was ist der Grund, Les?«

»Ich weiß nicht, Jim, aber jeder hat einen Grund, warum er das tut, was er tut. Niemand ist schuld, weißt du?«

Ich wußte schon, wovon Les sprach, daß es einen Grund gab für das, was wir taten und so. Ich sagte: »Les, was mit dir und Frances passiert ist, ist eine Sache zwischen Frances und dir. Nur, du solltest wissen, was Lone und mich betrifft, wir wissen beide, daß es für alles ein Grund gibt.«

Les nahm wieder die Nüsse aus der Schale. Bevor er sprach, baute er noch mal einen Turm und legte dann die Nüsse in die Schale zurück. »Sie hat mich bestohlen, Jim. Sie hat mich bestohlen und andere Leute auch. So ein Mensch war sie, Jim.« Les griff nach seinem Glas, und ich versuchte, mir Frances beim Klauen vorzustellen. Ich sah diese zierliche Frau mit ihren dunklen Haaren und dem Silberschmuck vor mir und muß zugeben, daß es mir nicht schwerfiel. Ich sah sie vor meinem inneren Auge in Les' Manteltasche herumwühlen und seine Firmenhosen unter die Lupe nehmen. Les hatte immer ein paar Münzen dabei, das wußte jeder, man konnte es hören. Daß Frances eine Diebin gewesen war, darauf hätte ich auch früher kommen können. Aber so war es immer, man konnte einfach nicht wissen, was in einem Menschen vorgeht.

Ich beugte mich jetzt auch nach vorne und schaute Les direkt in die Augen. In der Küche konnte ich hören, wie Nelly Lone Fragen stellte. In einer anderen Situation wäre ich wohl dazwischengegangen. »Wie bist du dahintergekommen, Les?« Ich ließ ihn wissen, daß ich auf seiner Seite war.

Les sprach leise. »Es waren die kleine Dinge, Jim. Du weißt, ich habe für den Fall der Fälle immer ein paar Münzen dabei, nicht viel, aber genug, um mir einen Kaffee zu holen. Du weißt, was ich meine, Jim, du kennst mich.«

»Ich kenne dich, Les«, sagte ich daraufhin und nickte ihm zu.

»Irgendwann fing es an, daß das Geld für den Kaffee nicht mehr reichte, und du weißt, Jim, wenn ich einen Kaffee trinken will, dann will ich einen Kaffee trinken.«

»Ich weiß, Les«, sagte ich.

»Erst dachte ich nicht weiter darüber nach, aber als es öfters passierte, wachte ich auf. Und, Jim, wenn ich dir sage, daß ich dich in der Zeit, wo das Ganze ablief, auch im Auge hatte, dann hoffe ich, daß du mich nicht falsch verstehst. Es war eine schwierige Zeit.«

»Ich verstehe, Les«, sagte ich.

»Was auch immer, eines Tages jedenfalls erwischte ich Frances, wie sie morgens in meiner Manteltasche zugange war, und ich sage es dir, Jim, es war ein Schock. Das ist eine Sache, mit der ein Mann erst mal klarkommen muß. Man muß sich das vorstellen, die eigene Frau!«

Ich sagte: »Les, das war damals, und jetzt bist du hier.« Ich stand auf, um Les und mir einen neuen Drink zu holen und einen Blick in die Küche zu werfen. Nelly saß auf dem Küchentisch mit einem Drink in der Hand, während Lone das Fleisch in Scheiben schnitt. Lone war nicht Nelly, aber in der Küche war sie unschlagbar. Der Braten, die Kartoffeln, die Soße und der Rotkohl, Lone hatte es im Griff. Ich schaute auf die Arbeitsfläche und in das Waschbecken, alles war sauber, sogar das Obst für den Nachtisch hatte sie schon zubereitet. Und jetzt, wo ich die Nachricht erhalten hatte, tat es gut zu wissen, daß Jock bei Lone in guten Händen war. »Na, na, na, hier machen es sich ja zwei gemütlich«, sagte ich und lächelte

Nelly an. Nelly lächelte zurück. Wie sie da auf dem Küchentisch saß, kam sie mir sehr jung vor.

»Es ist gleich fertig«, sagte Lone.

»Das ist gut«, sagte ich und griff nach der Flasche. »Noch einen, Nelly?« fragte ich.

»Du sagst es, Jim«, sagte sie und hielt mir ihr Glas hin. Am liebsten hätte ich Nelly gesagt, wie das mit Lone und mir war, aber ich schenkte ihr einfach was von dem Zeug ein und ging dann mit der Flasche zurück ins Wohnzimmer.

Les saß da, wie ich ihn verlassen hatte, zurückgelehnt, die Hände gefaltet. Seine Augen waren zur Decke gerichtet, wahrscheinlich lauschte er den Geräuschen von oben.

»Gleich gibt's was«, sagte ich und setzte mich ihm gegenüber in den Sessel. Wir tranken was von dem Gin und saßen einfach da, Les und ich, so, wie es sich gehörte. Der Gin tat gut, sollen sie sich doch amüsieren, dachte ich und schaute nach draußen.

»Jim, was ist da oben los?« Les zeigte mit seinem Glas an die Decke.

»Das ist Jock, Les. Das ist der kleine Jock«, sagte ich und klatschte in die Hände. »Laßt uns was essen!«

Lone verstand es, einen Tisch zu decken, es war eine von den Sachen, die sie gut konnte. Die Servietten steckten in den Gläsern, und das Fleisch war auf zwei große Teller verteilt, daß jeder einfach nur zugreifen mußte. Wir setzten uns hin. Les und Nelly auf die eine Seite, Lone und ich auf die andere. Lone ließ die Schale mit dem Rotkohl rumgehen, und ich sagte zu Nelly, sie solle sich bitte bedienen. »Na, komm schon, Nelly«, sagte ich und gab ihr diesen Blick. Nachdem ich uns allen etwas von dem Wein eingeschenkt hatte, hob ich mein Glas und sagte: »Auf die Freundschaft.«

»Auf die Freundschaft«, sagten Lone und Nelly.

Les sagte: »Auf dich, Jim.«

Wir aßen Fleisch, Kartoffeln und Rotkohl. Jeder nahm sich was von der Soße. »Das ist gutes Fleisch«, sagte Les und hob sein Glas. Nelly rutschte ein Stück näher an ihn ran und prostete ihm zu. Die beiden schauten sich eine Zeitlang in die Augen. Ich nahm einen großen Schluck von dem Wein und legte meine Hand auf Lones Schulter. Erst als die beiden damit aufgehört hatten, fragte ich Nelly, was sie denn von der ganzen Sache mit den Schneebällen hielt. Ich sagte: »Ich weiß, was Lone davon hält, und ich weiß, was Les davon hält. Und wäre Frances hier, sie hätte das Ganze ähnlich gesehen, aber ich weiß nicht, was du davon hältst, Nelly.«

Bevor Nelly antworten konnte, sagte Les: »Nelly geht es wie mir, Jim. Nelly geht es wie uns allen.«

»Les, du bist o.k.«, sagte ich, »ihr seid alle o.k.

Nur, es bleibt dabei, ich würde gerne von Nelly hören, was sie von der ganzen Sache hält. Das ist alles, was ich will, Les, nicht mehr, nicht weniger.«

»So ist das Leben, Jim«, sagte Nelly. »Es gibt Sachen, die passieren. Es lohnt sich nicht, weiter darüber nachzudenken. Wie bei Frances und Les, keiner hätte was dagegen tun können.« Nachdem sie das gesagt hatte, goß sie sich ihr Glas voll und blickte in die Runde.

»Ich hätte rausgehen können«, sagte ich. »Ich hätte ihnen etwas über gutes Benehmen sagen können, etwas über den Respekt vor anderer Leute Eigentum. Ich hätte die Sache ein für allemal erledigen können.«

»Jeder hat einen Grund für das, was er tut, Jim. Es ist, wie ich es dir gesagt habe. Keiner ist schuld. Ich bin nicht schuld, Nelly ist nicht schuld, Lone ist nicht schuld, und du auch nicht. Den kleinen Jock muß ich erst gar nicht erwähnen. Jock wird seinen Weg gehen.« Les holte kurz tief Luft und schaute auf seinen Teller. Er hatte ausschließlich Fleisch mit Soße gegessen, keine Kartoffeln und auch keinen Rotkohl. »Da habe ich zum Beispiel etwas über einen Burschen gelesen, der seiner leiblichen Mutter den Schädel eingeschlagen hat. Der Bursche holte sich aus der Garage einfach den Vorschlaghammer seines Vaters, der zur Tatzeit in seinem Büro war, ging in die Küche, wo seine Mutter gerade das Geschirr abspülte, und schlug ihr den Schädel ein. Einfach so. Die Mutter war sofort tot, keine Chance. Ein Vorschlaghammer eben. Später, als der Vater aus dem Büro nach Hause kam, fand er seine tote Frau und seinen Sohn in der Küche. Der Sohn saß da und schaute sich seine Mutter an, als wäre sie eine Fremde. Der Vater, ein fleißiger Mann, wie du und ich, Jim, er verstand erst gar nicht, was passiert war. Er hatte eigentlich vorgehabt, mit dem Jungen eine Runde Softball zu spielen.«

Keiner sagte etwas. Ich glaube, wir warteten einfach darauf, daß Les mit seiner Geschichte weitermachte. Ich horchte, ob ich Jock irgendwo im Haus hören konnte, dann sagte ich: »Mach weiter, Les.«

»O. k., Jim. Es zeigt sich also, daß wir es hier mit einer ganz normalen Familie zu tun haben, Vater, Mutter, Sohn. Der Vater, wie schon gesagt, geht jeden Tag arbeiten, und die Mutter, Gott segne sie, kümmert sich liebevoll um den Sohn, der am frühen Nachmittag aus der Schule kommt. Manchmal backt sie dem Jungen einen Kuchen. Sonst hält sich der Sohn gerne in seinem Zimmer auf, so wie Kinder eben sind. Abends essen sie dann alle zusammen Abendbrot, und danach darf der Junge in seinem Zimmer noch ein bißchen spielen. Versteht ihr, was ich meine, alles ist normal.« Les blickte kurz zu

Nelly, dann nahm er ihre Hand, schaute zu Lone und mir und sagte: »Sie haben sich geliebt.«

»Wie ging es weiter, Les? Was ist aus dem Jungen geworden?« fragte ich.

Les schaute mich an, als wäre er gerade woanders gewesen. »Ich weiß nicht, Jim, hab nie wieder was darüber gelesen. Ich wollte nur sagen, keiner ist schuld. Nicht der Junge, nicht der Vater.«

Während wir da am Eßtisch saßen und auf irgend etwas warteten, mußte ich an die Dinge denken, die ich in meinem Leben gemacht hatte, schlechte Dinge, an denen ich – und nur ich – schuld war. Einmal, es war im Sommer, das weiß ich noch, habe ich erst Lone und dann Jock eine gescheuert. Ich bin einfach hinters Haus gegangen, wo die beiden zugange waren, habe zweimal zugeschlagen und bin dann wieder reingegangen. Warum ich das getan habe, ist schwierig zu sagen. Es war eine Zeit, in der ich mir wünschte, mein Leben würde einen anderen Dreh nehmen. Ich schaute Les an und sagte: »Les, wenn du jemals in der Klemme sein solltest, dann rufst du mich an, hast du verstanden? Du bist mein Freund, und ich liebe dich.«

Les nickte mir zu.

»Und dich, Nelly«, sagte ich, »dich liebe ich auch, weil du die Frau von Les bist und es damit verdient hast.«

Sie sagte: »Danke, Jim, das ist schön zu wissen.«

»Ja, das ist schön«, sagte ich.

Im Haus war es jetzt ganz still, abgesehen von den Geräuschen aus Jocks Zimmer. Wir nahmen uns noch ein bißchen von dem Fleisch, und dann sagte ich es ihnen. »Ich bin heute beim Arzt gewesen«, sagte ich.

Alle schauten mich an.

»Jim ...«, sagte Les. Und kurz danach sagten auch Lone und Nelly: »Jim ... Jim.«

Ich hörte genau hin, Jim war kein schlechter Name, besser als Les. »Er hat sich das alles da drin angeschaut, und dann hat er mir gesagt, wie es aussieht«, sagte ich und zeigte auf meinen Bauch.

»Was ist da drin?« fragte Lone und schaute nicht mich an, sondern die anderen beiden.

»Lone«, sagte ich. »Wenn es irgend etwas gibt, das ich mir jetzt wünschen könnte, dann würde ich mir wünschen, daß wir es uns heute abend gemütlich machen. Es stimmt, ich war heute beim Arzt, und er hat mir so einiges zu sagen gehabt. Und obwohl ich, wie ihr ja alle wißt, nicht zimperlich bin, ist das, was ich jetzt brauche, ein gemütlicher Abend. Kannst du das für mich tun?« Lone schaute mich nicht an, aber sie nickte.

»Jim?« Es war Les.

»Ja, Les, was gibt's?« Ich lächelte ihn ein bißchen

an, um zu zeigen, daß ich der Situation gewachsen war.

»Kannst du dich an den Typen unten in Frisco erinnern, den ohne Mauer. Kannst du dich noch erinnern, wie er dastand und uns anlächelte. Er hatte wirklich Pech gehabt, und trotzdem hat er uns angelächelt. Was sagt dir das, Jim?«

»Ich weiß es nicht, Les. Und viele andere Sachen weiß ich auch nicht.«

»Er wollte uns helfen, Jim. Er wollte uns in dieser auch für uns schwierigen Lage unter die Arme greifen. Er wußte, wie es uns ging, Jim, das ist es, was ich sagen will. Er tat es für uns.«

»O. k., Les, das ist möglich, vielleicht ist das so gewesen, wenn jemand das weiß, dann bist du es.« Ich wollte, daß Les verstand, daß ich es zu schätzen wußte, was auch immer er mir damit sagen wollte. Ich schenkte ihm Wein nach. Dann gab ich den Frauen was, bevor ich mein eigenes Glas wieder vollmachte.

»Jim?« Es war wieder Les. »Du hast heute diesen Schicksalsschlag erlebt. Ich weiß zwar nicht, was mit dir los ist, aber ich glaube, wenn du sagst, der Arzt hat dir so einiges zu sagen gehabt, daß das schlimm genug ist. Du solltest nur wissen, daß ich sehe, was du heute abend für uns tust. Und wenn ich nicht ganz falsch liege, glaube ich, daß wir dir alle heute abend danke sagen sollten, stimmt's, Nelly?« Les hob sein Glas und alle drei sagten: »Danke, Jim.«

Ich sagte: »Ich liebe euch.«

»Ich liebe euch«, sagte ich noch einmal.

Später, während die Frauen in der Küche für Ordnung sorgten, machte ich das Radio an. Ich suchte, bis ich einen Sender fand, der fröhliche Musik spielte. Dann machten es sich Les und ich wieder auf dem Sofa gemütlich und tranken noch etwas von dem Gin. Aus Jocks Zimmer kamen keine Geräusche mehr.

»Les?«

»Was gibt's, Kumpel?«

»Weißt du, daß ich Nelly sehr mag, Les?«

»Das weiß ich, Jim.«

»Weißt du, Les, daß ich sie manchmal so richtig an mich drücken könnte?«

»Das weiß ich, Jim.«

Beim Verabschieden machte Les wieder seine Späßchen, und ich drückte Nelly so richtig an mich. Wir tanzten ein paar Schritte im Flur, einfach so hin und her, nichts Besonderes. Bevor sie gingen, sagte ich den beiden, daß sie sich um mich bitte keine Sorgen machen sollten, und dann tat ich so, als würde ich in Ohnmacht fallen. Wir lachten alle, und ich überlegte, wie es wohl wäre, wenn Les und Lone plötzlich nicht mehr da wären. Ich blieb in der Tür stehen, bis ich die Lichter von Les' Auto nicht mehr sehen konnte. Ich war hellwach und wollte nicht schlafen gehen. Mir war danach rauszugehen, ich wußte nur nicht, wohin. Ich ging in die Küche und schaute Lone zu, wie sie der Küche den letzten Feinschliff verpaßte.

»Das machst du gut, Lone«, sagte ich. »Das ist gute Arbeit, die du da leistest, ich seh' so was.«

Lone sagte nichts. Sie machte einfach weiter, packte das restliche Fleisch in den Kühlschrank und entfernte die Reste aus dem Ausguß.

»Das war gutes Fleisch«, sagte ich. Ich wartete, bis sie fertig war und die Schürze ausgezogen hatte. »Und es war ein schöner Abend.«

Sie blieb in der Tür stehen. »Das ist gut, Jim«, sagte sie.

»Wie geht es dem Jungen«, fragte ich. Sie schaute mich direkt an. »Dem Jungen geht es gut, wir schaffen das schon.« Diesen Satz sagte sie zweimal hintereinander. Im Wohnzimmer lief noch Musik. »Komm, Lone«, sagte ich und legte ein paar Tanzschritte auf dem Küchenboden hin. »Komm, Mädchen, tanz mit Papa«, sagte ich.

»Ja, Papa«, sagte sie.

Im Wohnzimmer schob ich die schweren Sessel und den Couchtisch zur Seite, damit wir mehr Platz hatten. Dabei kam ich so richtig ins Schwitzen. Dann drehte ich die Lautstärke etwas höher, drehte mich um und verbeugte mich vor meinem Mädchen. »Bist du lieb, Mädchen?« fragte ich. Sie nickte. Dann tanzten wir. Während die Welt da draußen uns zuschaute, hielt ich sie fest und ließ sie wieder gehen. Mit leichtem Fuß ließ ich sie Pirouetten drehen und sammelte sie wieder ein. Es war ein Kinderspiel, und die Musik lief endlos. Wir tanzten, bis ich nicht mehr tanzen wollte. »Jetzt ist gut«, sagte ich dann einfach und setzte mich auf die Couch. »Zieh dich aus«, sagte ich. »Zieh dich aus, Mädchen, aber behalte bitte das Höschen an. So ist gut, Mädchen. Und jetzt setzt du dich auf den Stuhl da drüben und entspannst dich.«

»Bin ich Frances?« fragte sie.

»Aber Mädchen, Frances gibt es doch nicht mehr. Was soll denn Les dazu sagen? Frances ist weg. Konzentrier dich, sonst werden wir hier nie fertig, o. k.?«

»O.k., Papa«, sagte sie.

»Gut, Nelly. Und jetzt bist du ein braves Mädchen und machst dir den Finger rein, bis Papa sagt, daß es Zeit ist, ins Bett zu gehen. Hast du verstanden, Nelly?«

Ich blieb erst mal sitzen, bis sie im Bad fertig war. Dann hörte ich, wie sie an Jocks Tür klopfte. Sofort waren die Geräusche in seinem Zimmer wieder da. Es dauerte eine Weile, bis die Tür aufging. Ich lauschte. Obwohl ich das Radio ausgemacht hatte, war es schwer zu verstehen, was sie sagten. Ich machte die Augen zu, um besser hören zu können, aber es war sinnlos, sie tuschelten wie immer. Erst als von oben nichts mehr zu hören war, stand ich auf und rückte die Möbel wieder an ihren gewohnten Platz. Der gute Les hatte einige Nüsse auf den Boden fallen lassen, aber dazu war nichts zu sagen, so was passierte, da konnte man nichts machen. Ich überprüfte, ob alles so aussah wie immer, dann holte ich meine Jacke, machte das Licht aus und ging nach draußen.

Ich blieb eine Weile in der Einfahrt stehen und beobachtete das Geschehen dort oben am Himmel. Flugzeuge und Sterne. Ich zog den Reißverschluß hoch und streifte mir die feinen Handschuhe über, die Lone mir zu Weihnachten geschenkt hatte. Ich klatschte ein paarmal in die Hände. Dann ging ich auf die Straße.

Bei unseren Nachbarn brannte noch Licht, sonst war alles dunkel. Ich überlegte, ob ich warten sollte, bis die Leute drüben das Licht ausgemacht hatten. Ich sah unser Haus, wie ich es schon tausendmal zuvor gesehen hatte. Ich lief an unserem Zaun entlang, blieb aber nach ein paar Schritten wieder stehen. Auch von hier aus gesehen war es das Haus, das ich kannte. Während ich weiterging, ließ ich meine rechte Hand über unseren Zaun gleiten. Ich spürte durch die Handschuhe die rauhe Oberfläche der Eiskristalle und den weichen Pulverschnee auf den Zaunspitzen. Dann bog ich rechts ab und konnte hinter der kleinen Anhöhe mit den Tannen, die an unseren Zaun grenzten, plötzlich nur noch die Fenster im ersten Stock und unser Dach sehen. Am Himmel war immer noch das gleiche Spiel zu sehen, Flugzeuge und Sterne. Ich wartete so lange, bis ich sicher war, unbeobachtet zu sein. Ob sie auch gewartet hatten? Ich kletterte rüber. Gleich auf der anderen Seite des Zaunes spürte ich die Aufregung. Ich schaute nach unten, versuchte ein paar Fußspuren ausfindig zu machen, aber es war zu spät, der Schnee hatte schon alles bedeckt. Vandalen, dachte ich. Nichts anderes als Vandalen.

Auf der kleinen Anhöhe hatte ich eine wunderbare Aussicht über unseren Garten. Seit wir das Haus gekauft hatten, war es das erste Mal, daß ich hierherkam, und ich muß sagen, daß es gar nicht so schlecht war hier oben. Und für einen Moment lang war mir gleichgültig, daß ich im Sommer vielleicht schon zum letzten Mal den Grill rausgeholt hatte. Ich blickte zu unserem Haus hinüber und versuchte, die dunklen Wohnzimmerfenster auszumachen. Dann kniete ich mich hin, nahm etwas Schnee in die

Hände und drückte so lange darauf rum, bis ich eine feste Kugel hatte. Der erste Wurf ging daneben, aber das war o.k., schließlich war ich das erste Mal hier oben. Schon der zweite Versuch war besser, die Scheiben zitterten leicht, als ich sie traf. Beim dritten Mal holte ich richtig aus und legte mein ganzes Gewicht in den Wurf. Es war ein Treffer, von dem die Vandalen von vorhin nur hätten träumen können. Nachteulen und Vandalen. Nichts anderes als Nachteulen und Vandalen. Vielleicht waren sie ja länger geblieben und hatten etwas tanzen gelernt, dachte ich und kniete mich wieder hin. In diesem Moment meinte ich, jemand hinter einem der Wohnzimmerfenster zu sehen. Ich richtete mich wieder auf und ließ meinen Blick von einem Fenster zum anderen gleiten, während ich langsam von der Anhöhe in den Garten hinunterging. Ich näherte mich so weit, bis ich die Umrisse unserer Möbel erkennen konnte. Lone saß ganz hinten an der Wand. Sie hatte einen der schweren Sessel wieder dorthingestellt, wo er zuvor gestanden hatte, als ich mit ihr tanzte. Sie hatte Jock auf dem Schoß. Keiner der beiden schaute zu mir hinaus, und ich dachte, als ich wieder rückwärts durch den Garten ging, daß sie mich in der Dunkelheit wahrscheinlich nicht gesehen hatten. Es war gar nicht so schlecht, um diese Uhrzeit rückwärts durch den Garten zu gehen.

Als ich wieder auf der Straße stand, entschied ich mich, noch eine kleine Runde zu drehen, vielleicht würden sie ja dann wieder in ihren Betten liegen. Oder Lone würde wieder bei dem Jungen im Zimmer bleiben. Es passierte damals häufiger, daß er mitten in der Nacht zu weinen anfing und sie dann rüberging und die Nacht bei ihm blieb. Als ich wieder die Lichter unseres Nachbarhauses sehen konnte, fing es an zu schneien.

In der Garage mußte ich erst mal suchen, bis ich das Ding gefunden hatte. Ich nahm die Plastikfolie herunter, zog meine Handschuhe aus und ließ die Hand über die metallene Oberfläche gleiten. Er war wie neu. Ich schob ihn ein bißchen hin und her, die Räder glitten lautlos über den Boden. Ich zog ihn vorsichtig am Auto vorbei und ließ ihn erst mal in der Auffahrt stehen, während ich zurückging, um nach der Holzkohle zu schauen. Dann suchte ich im Regal den Anzünder.

In diesem Augenblick steckte der Junge von gegenüber seinen Kopf unter die Garagentür. »n'Abend, Mr. Coyle«, sagte er.

Ich stieß mir den Schädel an, als ich mich umdrehte. »Alles Vandalen«, sagte ich und nahm mir vor, in der Garage demnächst für Ordnung zu sorgen. Dann sagte ich: »Abend, Junge. Ich suche den Anzünder.«

Der Junge antwortete nicht, und ich machte das Tor ganz nach oben. Er stand an unseren Gartenzaun gelehnt und schaute in den Himmel, als gäbe es dort oben etwas zu entdecken. Ich ging zu ihm raus. Er war riesig, der größte Junge, den ich jemals gesehen hatte. Ich sagte: »Flugzeuge und Sterne, das ist alles. Was anderes gibt's nicht.« Aber der Junge verfolgte weiterhin das Geschehen dort oben, als hätte er mich nicht gehört. »Wie lange bist du schon hier draußen, Junge?«

»Ich war's nicht«, sagte er, ohne mich anzuschauen.

»Ich glaube dir, Junge. Irgendwelche Vandalen hier gesehen heute abend«, fragte ich.

»Nein.«

»Hm, das ist gut, Junge. Wie alt bist du?«

Er schaute mich an. »Sechzehn«, sagte er.

»Sechzehn«, sagte ich. »Sechzehn ist in Ordnung.«

Und dann zeigte ich auf meinen Bauch und sagte ihm, wie es war. »Da drin gibt's einen Knoten von der Größe eines Tennisballs. Das Ding muß raus. Sie werden da reingehen und das Ganze rausnehmen, ob ich es will oder nicht, verstehst du?« Der Junge nickte, es war klar, daß er verstand, worum es ging. Er war ein schlauer Bursche.

»So, Junge. Ich muß das ganze Zeug hier ins

Haus schaffen, und du gehst jetzt rüber und legst dich hin, hast du verstanden?« Er schaute wieder nach oben, es war schwer zu sagen, ob er mir zugehört hatte. »Du wirst später mal Präsident«, sagte ich und ging ins Haus.

Sie waren nicht mehr da. Lone hatte den Sessel wieder an seinen gewohnten Platz geschoben. Aber die Nüsse hatte sie übersehen. Ich kniete mich hin, schaute unter die Couch, sammelte die Nüsse auf und legte sie wieder in die Schale. Dann sah ich auf meine Uhr und ging zum Fenster. Meine Fußspuren kamen und gingen, im Mondlicht konnte ich sie beinahe bis zur Anhöhe zurückverfolgen. Sterne, Flugzeuge und der Mond, was gab es da draußen sonst noch zu sehen? Ich dachte an den riesigen Jungen, wie er sich an unseren Gartenzaun gelehnt hatte. Und dann sah ich, wie die Kugel auf mich zukam und kurz darauf das Wohnzimmerfenster zum Zittern brachte.

Wilde Zeiten

Es schneit. Gestern war Valentinstag. Es ist also ziemlich genau ein Jahr her, seitdem sie weg ist. Ich sitze in der Küche, rauche eine Zigarette, trinke eine Tasse Kaffee und beobachte, wie ein Auto in meine Einfahrt biegt. Es ist früher Nachmittag, trotzdem habe ich was von dem Zeug in meinen Kaffee getan. Eben bin ich hochgegangen ins Schlafzimmer und habe mir die Flasche geholt. Ich sehe, wie das Auto da draußen hinter meinem Wagen zum Stehen kommt. Es ist ein großes Auto, hinterm Steuer sitzt ein Mann, daneben eine Frau. Ich nehme meinen Kaffee und meine Zigarette und trete ans Fenster. Die beiden unterhalten sich. Ich warte, daß sie aus dem Auto steigen. Es sind keine Zigeuner, soviel steht fest. Vermutlich sind es Leute, die nach Süden fahren und nach dem Weg fragen wollen. Vermutlich werden sie gleich wieder weg sein.

Erst als die beiden aus dem Auto steigen und anfangen, Taschen und Tüten aus dem Kofferraum zu holen, erkenne ich meinen Bruder Pete. Ich kann nicht behaupten, daß ich mich freue. Pete ist mein Bruder, aber ich hätte es besser gefunden, er wäre nicht vorbeigekommen. Pete, drahtig wie eh und je, trägt einen Bürstenhaarschnitt und dieses Holzfällerhemd, das ihm aus der Hose hängt. Ich kann seinen Atem sehen, während er auf die Frau einredet, die untätig neben ihm im Schnee steht. Dann sehe ich, wie er mit dem Finger auf mein Haus zeigt. Womöglich hat er mich hier am Fenster schon gesehen, und ich halte den Kaffee und die Zigarette hoch. Dann kommen sie aufs Haus zu, Pete und diese Frau, eine Indianerin, wie ich jetzt erkennen kann. Eine Indianerin hier bei uns, das ist ein seltener Anblick. Es ist das erste Mal, daß ich eine Indianerin auf meinem Grundstück sehe. Ich habe mal welche drüben auf dem Parkplatz bei »Denny's World« gesehen. Und im Fernsehen natürlich. Aber so was, das gab es hier noch nicht. Pete mit seinem Holzfällerhemd und diese Indianerin, das ist ein Anblick, bei dem keine Freude aufkommt. Nur eins ist klar, die Frau da draußen ist nicht Petes Frau.

Zwischen Pete und mir herrscht seit längerer Zeit Funkstille. Zwischen Pete und mir sind Worte gefallen. Ernste Worte. Klare Worte. Es war kurz nachdem Bonnie mich verlassen hatte und er hier runterkam, um »sich die Sache anzuschauen«. Das waren seine Worte. Wie er mir damals, als er es sich auf meiner Couch bequem machte und meinen Kühlschrank benutzte, helfen wollte, ich weiß es bis heute nicht. Nur eins ist klar, es waren Bonnies Sprüche, die aus seinem Mund kamen. Es waren ihre Worte, obwohl sie schon längst weg war. Und das soll was heißen bei meinem Bruder, der von kleinem Wuchs ist, einen Bürstenschnitt hat und für gewöhnlich Holzfällerhemden trägt. »Es gibt gute Zeiten und schlechte Zeiten«, sagte er. Und: »Nach all dem hier wirst du ein anderer Mensch sein.« Eines Abends sagte er sogar zu mir: »Nach Sonne kommt Regen«, und später, bevor er einschlief: »Morgen ist ein neuer Tag.« Was auch immer, Pete war mir keine große Hilfe. Ich meine, er hatte schon damals eine ganze Menge Pech gehabt, und ihm tat es einfach gut, daß es diesmal mein Pech war und nicht seins.

Und ich muß sagen, daß es von mir aus deswegen kein böses Blut gab, schließlich bin ich verglichen mit Pete immer ein Glückspilz gewesen. Ich meine, ich bin groß, mindestens einen Kopf größer als Pete. Ich sehe nicht aus wie Cary Grant, aber ich mache schon was her, schätze ich. Dazu kommt, daß ich seit meinem fünfzehnten Lebensjahr in der gleichen Firma tätig bin. 39 gottverdammte Jahre, und das, ohne einen einzigen Tag krank gewesen zu sein. 39 Jahre in der gleichen Abteilung. Ich sage nur: »Hochdruckreiniger.« Es ist noch nicht offiziell, aber natürlich steht bald die eine oder andere Feier an, ich kriege ja mit, wie sie tuscheln, die Jungs, und natürlich wird es Bonnie nicht verpassen wollen, bei meinem 40jährigen Jubiläum dabeizusein. An so einem Tag wird sie an der Seite ihres Mannes sein wollen.

Aber im Augenblick haben wir eine kleine Auszeit genommen, Bonnie und ich. Seit einem Jahr schon. Und seit einem Jahr habe ich im Schlafzimmer die Flasche stehen. Aber früher hatten wir ein verdammt schönes Leben zusammen. Kein sorgloses Leben, um Gottes willen, Bonnie hatte schon immer Tage gehabt, wo ich ihr ein bißchen beikommen mußte. Tage, an denen ich mich mit meinem ganzen Gewicht auf sie legen mußte, damit sie still ist. Einmal mußte ich ihr sogar am hellichten Tage mit dem Auto hinterherjagen, weil sie durch alle Gärten der Nachbarschaft gelaufen ist und geschrien hat, daß ich sie töten wolle. Ich hatte das Fenster runtergekurbelt, weil es Sommer war und natürlich auch, damit sie mich besser hören konnte. »Ich bin dein Ehemann«, habe ich gerufen.

Was Pete betrifft, kann ich nur sagen, daß Bonnie und ich ihn eine Zeitlang »unser Sorgenkind« nannten. Bei Pete gab es nämlich so einiges. Sandy rief oft mitten in der Nacht an, um uns ihr Leid zu klagen. Einmal, es war im Sommer gewesen, mußte ich sogar mitten in der Nacht hochfahren, um Pete zu beruhigen. Es war eine verdammt heiße Nacht, eine von diesen Nächten, die einen über dies und jenes nachdenken läßt. Die wichtigen Fragen eben. Als ich oben ankam, war er zwar nicht mehr da, aber Sandy war da und kochte mir einen Kaffee. Und ich, ich nahm eine Handvoll Eiswürfel aus dem Gefrierfach und wickelte sie in ein Küchentuch. Ich hielt ihr das Tuch hin. Dann machte ich ein Fenster auf, damit ich Pete besser hören konnte, falls er in der Nacht zurückkommen sollte. Es war ein schönes Gefühl, so neben Sandy zu stehen und das Fenster aufzumachen, es war genau das richtige. Draußen konnte ich die Grillen hören. Sonst war nichts los. Ich meine, es war ja schließlich mitten in der gottverdammten Nacht. Wir sprachen natürlich über Pete, und ich sagte ihr Sachen wie: »Er ist kein schlechter Mensch, dein Pete, er ist einfach ein Pechvogel. Ich werde mit ihm reden, Sandy, ich werde mit ihm reden, als Bruder.« Dann sagten wir eine Weile nichts. Irgendwann zündete sie sich eine von meinen Zigaretten an und fragte mich, wie es Bonnie ging.

»Bonnie geht's gut«, sagte ich, »Bonnie schläft.«

»Du solltest sie anrufen«, sagte sie.

Ich nickte und schaute zum Küchenfenster raus. »Geh du und leg dich hin, Sandy, ich werde Bonnie anrufen und dann hier sitzen bleiben, bis er zurückkommt. Ich habe zwar nicht viel Schlaf gekriegt heute nacht, aber ich bin mir sicher, wenn ich noch was von diesem köstlichen Kaffee trinke, dann werde ich es schon schaffen. Leg du dich hin, ich werde später noch mal bei dir reinschauen. Mach dir keine Sorgen«, sagte ich und ging ins Wohnzimmer, um das Telefon zu suchen.

Es dauerte ziemlich lange, bis ich das verdammte Ding in der Dunkelheit gefunden hatte, aber ich wollte kein Licht anmachen. Ich wartete so lange, bis ich hören konnte, wie Sandy irgendwo im Haus einen Wasserhahn aufdrehte. Dann wählte ich meine eigene Nummer. Trotz der Dunkelheit. Es war gar kein Problem, ich hätte es mit verbundenen Augen machen können. Bonnie nahm sofort ab, schneller, als es mir lieb war. »Was ist denn da oben los?« fragte sie. »Mein Gott, Hank, ich mache mir solche Sorgen«.

Ich saß in der Dunkelheit und hörte mir diese Stimme an, und für eine Sekunde überkam mich die furchtbare Angst, ich könnte kein Wort mehr rauskriegen und müßte, ängstlich wie ein Kind, die ganze Nacht festgeklammert auf meinem Stuhl sitzen bleiben. Und das in einem fremden Haus. Es muß die Müdigkeit gewesen sein, die Autofahrt, Sandy und der ganze Kaffee.

»Hank, bist du da?« hörte ich Bonnie am Telefon.

»Klar bin ich da, hier geht es drunter und drüber, Bonnie.« Ich versuchte leise zu sprechen. »Ich werde wohl hier bleiben müssen, wegen Pete, schließlich ist er mein Bruder. Leg dich wieder hin, Bonnie«, sagte ich.

Als ich aufgelegt hatte, blieb ich noch eine Weile dort in Petes und Sandys Wohnzimmer sitzen und zündete mir eine Zigarette an. Ich saß einfach da und versuchte, mich zu beruhigen. Ich lauschte, aber außer den Grillen war nichts zu hören, kein Auto, kein Pete. Ich stand auf und ging zuerst in den Flur. Dann ging ich zu Petes und Sandys Schlafzimmertür.

Ich klopfte leise. »Sandy, ich bin's, Hank«, sagte ich und machte die Tür auf. »Sandy, hier ist Hank«, sagte ich noch mal, ging durchs Zimmer und setzte mich auf das Bett. »Hank ist da«, sagte ich und legte mich zu ihr hin. Bis ich gegen sieben Uhr morgens Petes Auto hörte, hielten wir uns fest, Sandy und ich. Und was mich angeht, ich machte keine Sekunde die Augen zu. Ich zog nicht mal meine Schuhe aus, schließlich war ich ja gekommen, um nach Pete zu schauen.

Ich stand in der Küche, als er reinkam. Er sah furchtbar aus, nicht wie jemand, den man gerne als Bruder hat. Ich schämte mich für ihn, wegen des Kummers, den er Sandy bereitet hatte. »Geh dich waschen«, sagte ich. »Ich werde Sandy fragen, ob sie uns ein paar Eier macht, schließlich muß ich heute noch zur Arbeit. Es gibt Leute, die zu tun haben.« Als ich das sagte, konnte ich durchs offenstehende

Küchenfenster meinen Wagen sehen, wie er da draußen am Straßenrand stand, und es war so, als wäre das nicht wirklich mein Wagen, als würde er zwar hierhergehören, ich aber nicht. Später am Morgen, als ich zurück war, rief ich Sandy vom Büro aus an. »Ist Pete da?« fragte ich. Und dann fragte ich sie noch etwas.

Das ist nur eine der Sachen, die ich für Pete getan habe. Es war also kein Wunder, daß Pete, als Bonnie mich gerade verlassen hatte, vorbeikam, um sich, wie er sagte, »die Sache anzuschauen«. Um ehrlich zu sein, war ich froh, so meinem Bruder eine Freude zu machen. Mein Gott, der Junge hatte doch recht. Diesmal war ich dran. Das war ja auch nicht der Grund, warum es später zwischen uns zu diesem Wortwechsel kam. Dafür gab es einen anderen Grund.

Mein Bruder war also in meinem Haus. Um genauer zu sein, er saß in meinem Wohnzimmer auf meiner Couch. In der kurzen Zeit, in der er bei mir war, habe ich nur einmal gesehen, daß er von der Couch aufgestanden ist. Es war das eine Mal, als ich ihn aus dem Haus schickte. Er schlief auf meiner Couch und schaute Fernsehen auf meiner Couch. Er machte seine Kreuzworträtsel auf meiner Couch und erledigte seine Telefonate. Er nahm seine Mahlzeiten auf meiner Couch ein. Wenn ich morgens aus dem Haus ging, sah ich ihn dort liegen, und als ich abends zurückkam, lag er immer noch da. Im Wohnzimmer roch es nach Pete. Immer lief der Fernseher. In der Nacht, wenn ich aufwachte und an Bonnie denken mußte, konnte ich den Fernseher im Wohnzimmer hören, und ich gebe zu, es tat gut, die Stimmen zu hören. Denn wir sprachen nicht viel in der Zeit, als er bei mir war. Ich ging morgens zur Arbeit, und abends schauten wir uns einen Film an und aßen Kartoffelchips. Außer ein paar Sätzen, die er nebenbei während der Werbeblocks einfließen ließ, sagten wir so gut wie nichts. »Morgen ist ein neuer Tag«, sagte er manchmal. Aber damals brauchte ich keine neuen Tage.

Es passierte, als ich eines Nachts seine Stimme aus dem Wohnzimmer hörte. Zuerst dachte ich, es wäre der Fernseher, aber dann wurde mir klar, daß es seine Stimme war. Er versuchte leise zu sprechen, mein Bruder, aber ich hatte ihn gehört. Ich nahm die Flasche, die neben meinem Bett stand, und trank was von dem Zeug. Dann ging ich ans Fenster, ganz langsam, und zog die Vorhänge ein Stück weit zur Seite. Draußen gab es nichts zu sehen, bei keinem der Nachbarn brannte Licht. Ich setzte mich auf die Bettkante und nahm den Hörer vorsichtig von der Gabel. Ich hielt den Atem an und lauschte. Natürlich erkannte ich die Stimme meiner Frau sofort.

Und was ich hörte, war vermutlich Teil eines längeren Gespräches. Sie sagte: »Und was ist mit Sandy, Pete? Was wird sie zu all dem zu sagen haben?« Woraufhin eine Pause entstand. Von dort aus, wo Bonnie anrief, lief im Hintergrund dieses Lied, das damals ständig im Radio kam. »Islands in the Stream, that is what we are« und so weiter. Ein tolles Lied. Ich konnte es nicht lassen, ein wenig mitzusummen.

»Pete, da ist jemand«, hörte ich meine Ehefrau sagen. Und dann: »Hank, bist du das?«

Dann schaltete sich mein Bruder ein. »Hallo, Hank, hier ist Pete, dein Bruder. Ich rede gerade ein bißchen mit Bonnie hier, weil ich Schwierigkeiten habe zu schlafen, du weißt schon. Also habe ich mir gedacht, ich rufe mal die Bonnie an. Mir macht das Ganze hier auch zu schaffen, weißt du, dich so zu sehen, mein eigenes Fleisch und Blut. Hank? Hank?«

Aber dazu gab es nichts zu sagen. Ich legte den Hörer neben das Telefon, zog mir meinen Bademantel und meine Hausschuhe an, nahm die Flasche und ging runter ins Wohnzimmer. Pete hatte das Licht angemacht und stand in seinem Holzfällerhemd neben der Couch. »Ich glaube, es wird Zeit«, sagte er und machte diese weit ausholende Bewegung mit den Armen. Ich sah, daß er immer noch den Hörer in der Hand hielt.

»Ich denke, was du jetzt brauchst, ist Ruhe«, sagte er. »Ich habe für dich und Bonnie getan, was ich konnte, aber jetzt muß ich los. Alles hat ein Ende, Bruder, aber das muß ja nicht schlimm sein. Morgen ist ein neuer Tag.«

Pete schaute mich an. Statt darauf einzugehen, schleuderte ich einfach die Flasche an die Wand. Das war es, was ich dazu zu sagen hatte. Dann fielen mir ein paar Worte ein, die ich aus dem Fernsehen kannte. Es waren Worte, die zu dieser Situation hier paßten. Die richtigen Worte sozusagen. »Wie ein Dieb in der Nacht«, sagte ich und ging wieder ins Schlafzimmer hoch. Als ich im Bett lag, nahm ich den Hörer in die Hand und lauschte, ob sie noch dran war. »Bonnie«, sagte ich in die Stille hinein. »Ich bin's, Hank. Leg dich wieder hin, Schatz. Morgen ist ein neuer Tag.«

Das war vor ungefähr einem Jahr. Und jetzt ist er wieder hier, mein Bruder, hat Wind und Wetter getrotzt und ist den ganzen Weg hier runtergefahren. Mit einer Frau, die nicht Sandy ist. Mr. Pete Hanson! Pete, der Pechvogel! Trotzdem lasse ich die beiden rein.

»Hallo, Bruder, komm aus der Kälte«, sage ich, als ich die Tür aufmache.

»Das ist Kim«, sagt mein Bruder.

»Kim«, sage ich.

Wir gehen in die Küche. Ich hole zwei Tassen aus dem Schrank. Wir setzen uns alle an den Küchentisch. Pete, Kim und ich.

»Es gibt noch Kaffee«, sage ich, »und was von dem hier.« Ich nehme die Flasche in die Hand und gieße mir was von dem Zeug ein. Dann schaue ich zu Pete, der nickt, und ich gieße ihm und Kim auch was ein. Ich schütte Kaffee dazu und frage Pete, was ihn hier runtergebracht hat. »Das ist ein weiter Weg bei so einem Wetter, Pete, und heute nacht soll es ja noch schlimmer werden.« Ich trinke von meinem Kaffee und sage: »Hier ist alles o. k., wie geht's Sandy? Bonnie geht's gut.«

»Sie ist eine gute Frau«, sagt Pete und zündet sich eine von meinen Zigaretten an.

Mir ist nicht wirklich klar, ob er damit Bonnie, Sandy oder Kim meint. Nur eins ist klar, mir wäre es lieber, diese Kim würde mich nicht andauernd anstarren. Mir wäre es lieber, sie würde endlich was von dem Kaffee trinken.

Ich schaue aus dem Küchenfenster, es schneit jetzt kräftiger, und langsam wird es dunkel. Pete sagt: »Ich wollte gar nicht hierherkommen, Hank. Ich bin heute morgen ins Auto gestiegen und bin einfach losgefahren, ohne zu wissen, wohin ich eigentlich wollte. Einfach raus und hoch auf die Interstate. Ich mache das manchmal. Hin und wieder brauche ich das. Es gibt Tage, Hank, da denke ich, mein Kopf explodiert.«

Pete schenkt sich von meinem Whiskey nach, und ich warte darauf, daß er weiterredet.

»Irgendwann bin ich dann von der Interstate runter und durch diesen Ort gefahren. Dort gab es eine Bar, die Chicken Wings und kaltes Bier hatte. Ich ging also rein und bestellte mir ein Bier. Außer dem Schwarzen hinter der Bar und dieser Frau hier«, Pete deutet mit seiner Tasse auf Kim, »war der Laden leer. Und ich sage dir, Hank, mir war das recht, denn mir war nicht nach Gesellschaft, wenn du verstehst, was ich dir damit sagen will. Ich saß einfach an der Bar, trank mein Bier und schaute die Nachrichten über das Unwetter an. Als ich das Bier aus hatte, bestellte ich mir ein paar von den Chicken Wings. Ich hatte so richtig Hunger bekommen. Also, irgendwann brachte der Schwarze mir also diesen riesigen Teller Chicken Wings. Ich sage dir, Hank, ich habe so was in meinem Leben noch nie gesehen. Die Chicken Wings hätten für eine siebenköpfige Familie gereicht. Wie auch immer, mir ging es jedenfalls nicht gut, mit diesem riesigen Teller Chicken Wings dort alleine am Tresen zu sitzen, also wendete ich mich an Kim hier und fragte nach, ob sie nicht Hunger hat. Ich meine, sie saß da mit diesen Taschen und Tüten neben sich, und ich dachte mir, so jemand könnte bestimmt was von den Chicken Wings vertragen. Und wie das dann manchmal so ist, kamen wir ins Gespräch, und Kim erzählte mir von Frank und warum sie das ganze Zeug dabei hatte.«

Pete lehnt sich zurück und schenkt sich noch was von meinem Whiskey nach. Er sitzt da, als wäre er zufrieden mit dem, was er mir gerade erzählt hat. »Erzähl ihm von Frank«, sagt er zu Kim, die immer noch nichts von ihrem Kaffee getrunken hat. »Erzähl, was mit Frank ist.«

Pete und ich stecken uns eine Zigarette an, und ich gieße mir von dem Whiskey nach. Wir warten, daß sie uns von Frank erzählt.

Es ist still im Haus, und der Wetterbericht scheint mit seiner Vorhersage richtigzuliegen. Mir geht durch den Kopf, daß ich bald die Einfahrt freischaufeln sollte. Ich denke an Bonnie und was sie jetzt wohl gerade macht. Hoffentlich ist sie nicht da draußen auf den glatten Straßen unterwegs, sie könnte die Kontrolle über ihr Auto verlieren, von der Straße abkommen und einen Unfall bauen. Für eine Sekunde sehe ich ihr Auto vor mir, wie es auf der Interstate ins Schleudern kommt, und dann mich, Hank Hanson, wie ich neben dem Wrack stehe und diesem Typen, der eine Sportjacke mit Reißverschluß trägt, Fragen beantworten muß.

»Erzähl du mir von Frank«, sage ich und nicke Pete zu.

»Frank ist Kims erste große Liebe gewesen, stimmt's, Kim?« sagt Pete. »Er hat getan, was er getan hat, aber für eine Zeitlang war er ihr ein und alles.« Mein Bruder wartet nicht, daß Kim etwas dazu sagt. »Frank hat hart gearbeitet, Hank. In den ersten Jahren mit Kim hat er jeden Tag in den Goldminen geschuftet. Er hat so viel geschuftet, bis sein Rücken kaputt war und er eine Zeitlang nicht anders konnte, als im Bett zu bleiben, stimmt's, Kim? Kim glaubt, daß er in der Zeit, als er sich nicht bewegen konnte, verrückt geworden ist. Und wer kann es dem armen Teufel verübeln, schließlich war er es, der die Rechnungen bezahlte, während Kim es sich gutgehen ließ.«

Mein Bruder schaut zu Kim. Er ist wütend, aber ich glaube nicht, daß er genau weiß, warum und auf wen.

»Nach einer Weile schien es Frank etwas besserzugehen, und er fing an, Gelegenheitsjobs anzunehmen. Gut. Frank ist sich also nicht zu schade, mal hier, mal dort auszuhelfen. Er säubert jeden Sonntag den Parkplatz draußen an der Hunderennbahn, und während der Rennen verkauft er Softdrinks. Er wäscht Autoscheiben und erklärt Fremden den Weg. Er ist jemand, den man kennt. Er bringt sein Geld nach Hause. Im Herbst, als die Rennen zu Ende gehen, übernimmt er eine Stelle im örtlichen Supermarkt, wo er die Regale auffüllt. Er ist sich auch nicht zu schade, zur Stelle zu sein, falls mal Sachen auf den Boden fallen und kaputtgehen, du weißt schon, Milchflaschen und Gläser mit sauren Gurken. So einer ist der Frank, einer von dieser Sorte.«

Pete zündet sich noch eine von meinen Zigaretten an und greift nach der Flasche, die mittlerweile leer ist. Es sind noch Flaschen da, aber das sage ich nicht.

»Und?« frage ich.

Pete schaut auf die Flasche in seiner Hand und stellt sie wieder hin. Er faltet seine Hände und legt sie auf den Tisch.

»Wenn ich mich nicht von Zeit zu Zeit an unseren Herrn im Himmel wenden könnte, ich sage dir, mir würde der Kopf explodieren.«

»Ich weiß, ich weiß, Pete.«

»Letzte Woche also rufen sie bei Kim an und sagen ihr, sie soll bitte alles stehen und liegen lassen und sofort zu der Mall kommen, in der Frank arbeitet. Also zieht sie sich schnell was über und nimmt ein Taxi zur Mall. Als sie dort ankommt, ist der Krankenwagen schon da. Sie kann die Lichter schon von weitem sehen und weiß sofort, daß es etwas mit ihrem Frank zu tun hat, ich meine, sie hat da so ein

Gefühl. Vor der Mall steht einer von Franks Kollegen, der Kim zur Rückseite des Gebäudes führt, wo sich ein paar Leute versammelt haben. Aus einem Kühlraum, dessen Türen offenstehen, strömt kalte Luft. Und auf dem Boden des Kühlraums, da liegt ihr Frank, erfroren und so tot, wie's nur geht. Ein Arbeitsunfall, wie man sagt. Jemand wie Frank tot, es ist eine Schande. Ich kannte ihn zwar nicht, aber trotzdem, es ist eine von den Geschichten, die einem das Herz zerreißen. Das ist aber nicht das Ende der Geschichte. Da gibt es noch etwas, das Kim vorher nicht wußte, stimmt's, Kim?«

Mein Bruder schaut sie nicht an, als er das sagt. Mein Bruder schaut sich seine Hände an, die immer noch gefaltet auf dem Tisch liegen.

»Es gab auch einen anderen Frank, jedenfalls sagt das die Polizei. Es gibt gute Gründe, zu vermuten, daß es sich bei Frank Delario um den sogenannten »Feuerkelch« handelte, der oben in Phoenix einige Brände gelegt hatte, bei denen ein beträchtlicher Sachschaden entstanden ist. Wahrscheinlich ist bei einem dieser Brände auch ein Hund draufgegangen, denn das Tier ist seitdem spurlos verschwunden. Wenn ich also sage, daß es nur von Sachschäden zu berichten gibt, dann sage ich das unter Vorbehalt, Hank. Deswegen ist Kim da raus. Und nachdem Kim mir das alles erzählt hat, sind wir beide zu meinem Wagen gegangen, sind rauf auf die Interstate und hierhergefahren. Wir waren meilenweit das einzige Auto auf der Straße, Hank, es war gespenstisch, anders als alles, was ich bisher erlebt habe. Aber Fakt ist, sie hat Frank einmal verloren, und dann hat sie ihn noch mal verloren.«

Mein Bruder wartet, daß ich dazu was sage.

»Zweimal, Kim«, sage ich. »Zweimal, das ist viel.«

Eine Weile bleiben wir einfach sitzen. Keiner sagt was, es ist so, als könnte keiner von uns dem anderen helfen. Die Küche liegt jetzt völlig im Dunkeln. Dann steht erst Pete auf, dann Kim, und ich habe einen Moment lang Schwierigkeiten, ihre Gesichter zu erkennen.

Es schneit. Gestern war Valentinstag. Ich sehe, wie sie Kims Sachen wieder zum Auto tragen und dabei knietiefe Löcher im Schnee hinterlassen. Auf der Straße ist niemand zu sehen. Die beiden verstauen die Sachen im Kofferraum, und dann höre ich, wie Pete den Motor aufheulen läßt. Ich denke an »Frank, den Feuerkelch«, versuche, mir ein Bild von ihm zu machen, wie er ausgesehen hat und so. Aber es gelingt mir nicht. Mir liegt nichts an Frank. Frank ist jetzt woanders. Ich denke an Sandy, die sich sicherlich Sorgen macht. Und dann denke ich an Bonnie, wie sie vor einem Jahr dort im Flur stand und Lebewohl sagte, während der Braten im Ofen brutzelte. »Bonnie, Bonnie«, habe ich gesagt und bin auf die Knie gefallen. Ich sehe den Braten noch vor mir, wie er am nächsten Tag da draußen vorm Haus lag, wie eine Wunde im Schnee. Am Nachmittag war er dann weg, der Braten, irgendein Tier muß dagewesen sein.

Ich gehe wieder hoch ins Schlafzimmer, lege mich aufs Bett und nehme mir noch eine von den Flaschen. Vielleicht sollte ich meine Frau anrufen, schließlich war gerade Valentinstag. Es wird langsam Zeit, daß Bonnie und ich uns hinsetzen, um die Lage ein für allemal zu klären. Wann sie zurückkommen wird und so. Draußen läßt Pete immer noch den Motor aufheulen, wahrscheinlich drehen die Reifen durch. Dann höre ich, wie die Wagentür aufgeht und der Schnee unter seinen Füßen knirscht.

Barcelona

»Earl? Earl?«

Bald werden wir wieder einen Keller haben, aber erst mal stehen die Sachen hier. Das heißt, ein paar Kisten habe ich unten gelassen. Es sind hauptsächlich Vickys Sachen. Ich habe neulich einen Blick reingeworfen, nichts als Fotos. Lauter Fotos.

Es ist Dienstag morgen, kurz nach acht. Gerade habe ich in der Firma angerufen und gesagt, daß ich Fieber habe. »Ist Earl da?« habe ich gefragt, aber Earl war nicht da. Und dann habe ich noch gesagt, daß ich fest davon ausgehe, Ende der Woche wieder im Büro zu sein. Nachdem ich den Hörer aufgelegt hatte, tätschelte meine Frau mir den Kopf und machte mir eine Tasse Tee. Danach ist sie im Bad verschwunden, um sich für die Arbeit fertigzumachen, während ich noch am Küchentisch sitzen geblieben bin und gelauscht habe. Gehört habe ich aber nur die Handwerker, die, seitdem das Haus eingerüstet ist, draußen vor den zugezogenen Vorhängen ihrer Arbeit nachgehen. Ich höre deutlich ihre Rufe und ihr frivoles Gelächter. Am liebsten würde ich zu meiner Frau ins Bad gehen. Am liebsten wäre es mir, sie würde heute zu Hause bleiben. Bevor sie geht, tätschelt sie mich noch einmal. Dann höre ich ihre Schritte auf der Treppe.

Ich habe kein gutes Gefühl. Seitdem ich zurück bin, denke ich immer nur an diese eine Sache. Drei Wochen ist es her, und jetzt habe ich Fieber. Ich gehe ins Wohnzimmer und lege mich auf die Couch. Die Sonne scheint durch die Vorhänge. Es ist Sommer, trotzdem ist mir kalt. Ich sollte ins Schlafzimmer gehen und meine Decke holen, aber mir ist nicht danach. Es ist so, als würde das Fieber zunehmen, jetzt, wo sie nicht mehr da ist. Vicky! Wenn ich Vicky nicht hätte, ich wäre jetzt nicht mehr hier. Vicky hat so einiges für mich getan, aber diesmal weiß ich nicht, wie sie mir helfen kann.

Vicky, um Himmels willen! Als ich sie kennenlernte, trank ich gerade keinen Alkohol, hatte dafür aber einen solchen Appetit, daß ich an nichts anderes denken konnte als an Essen. Vor allem dachte ich an Eier, gekocht oder gebraten, das war mir egal, Hauptsache, ich bekam Eier. Manchmal waren es sechs, sieben Stück am Tag. Ich aß auch gerne Huhn, wenn es ging, gebraten und mit Erdnußsauce. Und dann gab es natürlich die Riegel, Riegel von jeder denkbaren Sorte. Riegel hatte ich immer bei mir. In meiner damaligen Wohnung lagen sie überall rum. Große Riegel und kleine Riegel. Dreierpacks und

Sechserpacks. Manchmal wachte ich mitten in der Nacht auf und ging in die Küche, um eine große Schale Cornflakes mit kalter Milch und Zucker zu essen. Ich weiß noch, wie diese nächtlichen Mahlzeiten in mir eine wohlige Schwere hinterließen, so daß ich mich einfach nur wieder hinzulegen brauchte und sofort einschlief.

Wenn ich heute darüber nachdenke, glaube ich einfach, daß das mit dem Essen für mich eine Sache war, an der ich mich festhalten konnte. Damals schien es Sinn zu machen, den Tag in Mahlzeiten und Snacks aufzuteilen, es war, glaube ich, meine Art, dem Ganzen ein gewisses System zu geben. Und ein System konnte ich gebrauchen, denn damals war so einiges los. Es gab mein altes Leben, das ich versuchte hinter mich zu bringen. Es gab das neue Leben, das ich gerade mit Vicky zusammen aufbaute. Und dann gab es meinen Sohn, der mit Vicky nicht einverstanden war. Und das, obwohl seine Mutter und ich in der Zeit, bevor ich meine Sachen packte und auszog, nichts anderes taten als streiten und trinken. Ich meine, ich überließ ihm und seiner Mutter das ganze gottverdammte Haus mit allem, was drin war. Ich wollte einfach raus und mit Vicky eine zweite Chance haben. Mein Sohn war ja kein Kind mehr, er war sogar größer als ich. Er war groß, und er tat einiges, um Vicky und mir das Leben schwerzumachen.

Was uns am meisten beunruhigte, waren seine Besuche. Das heißt, es waren Besuche und es waren keine Besuche. Denn er kam in der Regel vorbei, ohne das Haus zu betreten. Einmal ertappte ich ihn, wie er es sich auf unserem Rasen gemütlich machte. Er lag da, ohne ein Wort von sich zu geben, er lag einfach nur da. Sogar nachts erwischte ich ihn von Zeit zu Zeit da draußen. Es war in einer dieser Nächte, als ich in der dunklen Küche saß mit einer Schale Cornflakes und meinen Sohn im Mondschein beobachtete, daß ich mich dazu entschloß, mit meinen nächtlichen Snacks aufzuhören. Natürlich hätte ich ihn wegschicken können, aber so was macht ein Vater nicht.

Damals war ich froh, daß ich für die Firma oft auf Reisen mußte. Damals ging es mir besser, wenn ich in einer großen fremden Stadt war und all das hier hinter mir lassen konnte. Damals gab es für mich nichts Schöneres, als in einer großen fremden Stadt ein Steakhaus zu betreten und einen Moment lang meine Einsamkeit zu genießen. Irgendwann war klar, daß der Junge wegen dieser Geschichte unten in Tucson für eine ganze Weile nicht vorbeikommen würde. Heute ist er wieder draußen. Heute macht er dies und jenes. Aber damals war es kein Zuckerschlecken. Für Vicky nicht, und auch für mich nicht. Für Vicky war es besonders schlimm, denn sie hat hier nie wirklich Freunde gefunden und ihre Familie ist nicht der Rede wert. Klar, es gab in Vickys Leben andere Männer, aber es waren keine von der guten Sorte, und es gibt Tage, an denen man ihr das ansieht. Tage, an denen ich sie ganz fest halten muß. »Halt mich ganz fest«, sagt sie dann. Was die Riegel betrifft, da ist Vicky hart geblieben. Mit den Riegeln und mit einigen anderen Sachen auch.

Und jetzt habe ich Fieber. Und das Gefühl, furchtbar Pech gehabt zu haben. Für einen Moment versuche ich, mir Vicky vorzustellen, falls ich ihr tatsächlich die schlimme Nachricht überbringen muß. Ich versuche mir, obwohl es mir schlechtgeht, ein Bild davon zu machen, wie wir in Zukunft miteinander auskommen werden. Und mir wird klar, wie wenig Vicky und ich dafür geschaffen sind, mit so einer Sache umzugehen.

Es ist jetzt ziemlich warm hier im Zimmer. Jemand sollte hier ein Fenster aufmachen. Jemand sollte verdammt noch mal herkommen und nach dem Rechten sehen. Es ist zehn vor neun, und ein bißchen Schlaf würde mir guttun. Ich mache die Augen zu, höre die Handwerker und wünsche mir, ich wäre da draußen bei ihnen, wäre ein Teil ihres Teams, könnte ein einfaches Leben führen, ohne Nächte, die einem am Tag danach die größten Schwierigkeiten machen. Nächte, in denen es einem schwerfällt, es bei einer schönen Mahlzeit in einem guten Steakhaus zu belassen.

Ich döse vor mich hin, drifte langsam hinauf, bis ich weit oben bin und eine fremde Stadt unter mir auftaucht. Ich sehe, wie sich eine Autobahn ihren Weg durch die hügelige Landschaft bahnt, um sich dann wie ein Gürtel um die Stadt zu legen. Ich sehe Tausende von Gassen, die von einer breiten Allee durchbrochen werden, die zum Wasser hinunterführt. Ich sehe diesen Mann in seinem Zimmer sitzen. Es ist ein Hotelzimmer. Der Mann sitzt so, daß er vom Fenster aus über einen Platz schauen kann, auf dem Einheimische und Touristen sitzen, um sich im Schatten der Bars und Cafés von der Hitze zu erholen. Der Mann trinkt eine Cola, und es ist ihm deutlich anzusehen, daß er eine für sich schwerwiegende Entscheidung getroffen hat. Mein Blick schweift zu einem Hügel, vielleicht ist es eher ein Berg, dessen Wände von Gräbern übersät sind. Zwischen dem Hügel und dem Wasser verläuft eine vierspurige Straße. Dann sehe ich, wie der Mann durch die Luft fliegt. Ich sehe, wie er an Fenstern vorbeifällt. Fenster, die offenstehen, weil Sommer ist und es sonst in den Räumen unerträglich heiß wäre.

Und dann bin ich wieder wach. Es ist still. Wahrscheinlich haben sie eine Pause eingelegt, die Jungs. Ich schaue auf die Uhr. Es ist beinahe zehn. Kaffeepause. Ich setzte mich auf. Das Fieber ist noch da. Vielleicht sollte ich was essen. Bestimmt ist noch was von dem Auflauf da. Ich versuche langsam aufzustehen. Vor mir sehe ich die ganzen Kisten, die sich im Wohnzimmer stapeln. Mich hat vom vielen Nachdenken so richtig der Hunger gepackt. Klar bin ich wackelig auf den Beinen, aber ich reiße mich zusammen. In der Küche hat Vicky, Gott segne sie, das Fenster offengelassen. Ich mache den Kühlschrank auf, hole die Auflaufform und die Milch raus und stelle die Sachen auf den Küchentisch. Dann hole ich aus dem Kühlschrank noch ein paar Würstchen und die Remouladensoße. Wer weiß, vielleicht nehme ich mir ja nachher noch ein bißchen was von dem Vanillepudding.

Ich setze mich hin, schenke mir von der Milch ein und entferne die Folie von der Auflaufform. Es ist doch weniger übrig, als ich gedacht hatte, und ich muß zugeben, daß ich für eine Sekunde eine schlimme Wut in mir verspüre. Ich beruhige mich aber schnell wieder, schließlich habe ich ja noch die Würstchen und den Vanillepudding. Gerade in dem Moment, als ich anfangen will, läutet es. Ich höre, wie es läutet und noch mal läutet, und versuche mit der Folie, die ich immer noch in der Hand halte, nicht zu rascheln. In meinen Schläfen pocht es, und ich mache mir Sorgen, die Leute da draußen könnten es hören. Es läutet noch einmal, dann höre ich Schritte, die sich entfernen. Es sind mehrere Männer, soviel ist sicher. Einer von ihnen sagt etwas, woraufhin alle anderen zu lachen anfangen. Sie lachen, und ich werde das Gefühl nicht los, daß ihre Heiterkeit irgend etwas mit mir zu tun hat. Etwa, daß ich hier sitze und die Tür nicht aufmache.

Vielleicht hat ihr Gelächter ja etwas mit Vicky zu tun. Mir ist nicht mehr nach Auflauf. Irgendwas hat mir den Appetit verdorben. Die Sonne scheint jetzt direkt in die Küche, und ich kann alles deutlich erkennen. Den Auflauf, das Glas Milch, die Würstchen, die Remouladensoße und den Vanillepudding. Das wird aber nichts helfen. Früher hat es geholfen, aber jetzt nicht mehr. Also bleibe ich einfach sitzen, versuche, kein Geräusch zu machen, und denke an Vicky auf eine Art und Weise, die mir keineswegs guttut.

Einmal kam ich von der Arbeit zurück und sah ihn dort oben auf unserem Dach. Mein Gott, der Junge lief da oben rum, als wäre es das Natürlichste auf der Welt. Ich konnte ihn schon sehen, als ich aus dem Bus stieg. Und ich war nicht der einzige, der ihn sehen konnte. Jeder konnte ihn sehen. Aber ich entschied mich ruhig zu bleiben. Bleib ruhig, Larry, laß den Jungen machen, schließlich ist es ja auch sein Zuhause, sagte ich mir. Sag ihm einfach guten Tag und laß ihn das, was er dort oben vorhat, zu Ende bringen. Ich sagte: »Ich geh jetzt rein und esse was. Ich habe Hunger.«

An diesem Abend taten Vicky und ich so, als würden wir seine Schritte auf dem Dach nicht hören. Vicky kochte mir etwas Leckeres, und dann sahen wir uns eine von ihren Shows im Fernsehen an. An diesem Abend war ich glücklich. Ich war dankbar, daß ich jemanden kennengelernt hatte, mit dem ich mein Leben teilen konnte. Eine Frau, die an manchen Tagen so richtig was hermachte.

Daran denke ich also, als ich die beiden Männer vor dem offenstehenden Küchenfenster anschaue, die mich anschauen. Die beiden scheinen nicht wirklich zu wissen, was sie von mir wollen, und so schauen wir uns eine ganze Weile lang an, die Männer und ich. Bevor die Sache aus dem Ruder läuft, sage ich: »Normalerweise bin ich zu dieser Uhrzeit bei der Arbeit. Meine Frau ist im Büro, aber wegen dem Fieber bin ich zu Hause geblieben. Es ist, glaube ich, nichts Ernstes, aber fürs erste sollte ich besser hierbleiben.«

Die beiden Männer starren mich an. »Es ist wegen dem Brief. Das heißt, wir sind wegen dem Keller hier. Heute ist der letzte Tag«, sagt der eine und lächelt. »Es muß alles raus, heute noch«, sagt der andere. »Heute ist die letzte Chance.«

Mehr sagen sie nicht. Sie sind gekommen, um diese eine Sache klarzustellen, und dann gehen sie wieder. Die beiden waren nicht von denen, die sonst immer gekommen sind. Ich warte, bis ich sie auf dem Gerüst nicht mehr hören kann, dann gehe ich wieder ins Wohnzimmer und setze mich auf die Couch. Ich schaue auf die Uhr. Es ist kurz vor elf, und ich fühle mich immer noch schwach. Fürs erste werde ich mich noch eine Weile hinlegen und dann weitersehen. Es hat noch Zeit. Früher oder später werde ich wohl runtergehen müssen und die Sachen hochtragen, wie gesagt, es sind noch ein paar Kisten da, hauptsächlich Vickys Sachen, aber zuerst sollte ich mich wirklich ein bißchen ausruhen. Ich nehme ein paar von Vickys Zierkissen, schiebe sie mir hinter den Kopf und mache die Augen zu.

Aber ich kann nicht schlafen, weil ich an diese furchtbare Krankheit denken muß. Diese Krankheit, die jetzt wohl in mir drin ist, und das nur, weil ich einen dummen Fehler gemacht habe. Ich setze mich wieder auf und sage: »Dumm, dumm, dumm.« Die Angst hat mich jetzt so richtig gepackt. An Schlaf ist überhaupt nicht zu denken. Was wird sie bloß ohne mich machen? Soll ich einen Arzt rufen? Ich stehe auf und gehe ans Telefon, wähle dann aber doch Vickys Nummer im Büro. Mir ist von der ganzen Sache so richtig schwindelig, und ich muß mich an der Wand abstützen, als ihr Anrufbeantworter anspringt. »Ich bin's«, sage ich und muß dann überlegen. »Ich wollte nur sagen, daß sie hier waren und gesagt haben, daß es die letzte Chance ist. Deshalb werde ich jetzt wohl erst mal rausgehen, um die Sache zu klären. Du bist nicht da. Was mich angeht, ich kann nicht sagen, daß es mir bessergeht. Das war Larry, dein Mann.« Das ist es, was ich ihr sage. Dann gehe ich wieder in die Küche und trinke was von der Milch. Die Sachen sind immer noch auf dem Tisch, genauso wie ich sie stehengelassen habe.

Ich gehe ans Fenster und schaue mir das Ganze da draußen noch mal an. Lauter Autos und Bäume. Ich sehe das Haus mit den vielen Fenstern auf der gegenüberliegenden Straßenseite, und mir geht durch den Kopf, wie schön es jetzt wäre, einfach nach drüben zu gehen, mit meinen Nachbarn eine Tasse Kaffee zu trinken und ein wenig zu plaudern. Einfach die eine oder andere Sache ansprechen, die mir so am Herzen liegt. Ich muß daran denken, wie ich vor kurzem unseren Keller leergemacht und die ganzen Sachen hier nach oben getragen habe. Es waren ihre Sachen und meine Sachen. Einen ganzen Nachmittag hat das Ganze gedauert, und es war keine schlechte Aufgabe, machte einem so richtig den Kopf frei. Als ich fertig war – ich hatte die Kisten fürs erste im Wohnzimmer gestapelt –, brachte Vicky mir ein Bier. Eine Weile schauten wir uns gemeinsam die Kisten an, die sich dort im Wohnzimmer vor unseren Augen auftürmten, und ich gebe zu, ich hätte in diesem Augenblick gerne das eine oder andere abschließende Wort gesagt. Mir fiel aber nichts ein, und Vicky ging in die Küche und fing mit dem Kochen an. Ich blieb stehen und trank von meinem Bier. An einige der Kisten konnte ich mich überhaupt nicht erinnern, und das, obwohl Vicky und ich während der kurzen Zeit, die wir uns kannten, schon mehrere Umzüge hinter uns hatten. Umzüge, von denen ich sagen kann, daß sie immer kleine Verbesserungen mit sich brachten, auch wenn mein Sohn uns früher oder später immer wieder auf die Schliche kam.

Ich trank noch mal von meinem Bier, und mein Blick fiel auf diese Kisten, auf die Vicky mit säuberlicher Schrift »Fotos« geschrieben hatte. Sie hatte auch etwas auf die anderen Kisten geschrieben, es gab welche, auf denen »Geschirr« stand, und welche mit dem Wort »Schallplatten«. Aber mein Blick fiel als erstes auf die Kisten mit der Aufschrift »Fotos«. Es waren diese Kisten, die mich interessierten.

Die ersten Fotos, die ich mir anschaute, zeigten Vicky und mich vor unserem ersten Haus. Es waren keine schlechten Fotos, das muß ich sagen, und auf manchen tauchte zu meiner Überraschung auch mein Sohn auf. Mal konnte man ihn undeutlich im Hintergrund neben der Einfahrt erkennen, mal schwebten seine Turnschuhe über Vicky und mir, als wir vor der Haustür standen. Es gab aber auch andere Fotos. Fotos aus Vickys früherem Leben. Fotos, die ich ganz schnell durchging, während Vicky sich in der Küche ums Essen kümmerte. Auf einigen dieser Fotos war ein Mann zu sehen, den ich nicht einordnen konnte. Es war nicht die Sorte Mann, die ich mir an Vickys Seite vorstellen konnte. Kein Mann wie ich. Es war ein Mann, der am liebsten Jeans trug. Ich meine, jemand, der Jeans trug und sonst nichts. Jemand, der es nicht eilig hatte. Wahrscheinlich hatte er damals keine Arbeit und lag meiner Vicky auf der Tasche. Auf einem der Fotos sah ich ihn lachend in der Badewanne liegen.

Die Kisten mir den Fotos habe ich danach wieder in den Keller getragen. Später sagte mir Vicky dann das eine oder andere Wort dazu, und seitdem steht immer noch die eine oder andere Kiste von ihr dort unten. Und jetzt, wo ich Fieber habe, werden sie wohl noch eine Weile dort stehenbleiben.

Ich schaue mir noch eine Weile die ganzen Fenster dort drüben an, dann gehe ich ins Wohnzimmer, schalte den Computer ein und setze mich hin. Das alles mache ich ganz langsam. Als erstes gebe ich die vier Buchstaben ein, den Namen dieser tückischen

Krankheit. Ich füge das Wort Lebenserwartung hinzu und fange an zu lesen. Ich lese so lange, bis ich mir einen Überblick über die Lage verschafft habe. Zwischendurch höre ich, wie das Telefon klingelt und der Anrufbeantworter anspringt. »Larry? Larry, bist du da?«

Aber ich bin nicht da. Ich stehe wieder auf, gehe zum Fenster und ziehe die Vorhänge einen Spalt zur Seite. Dann mache ich das Fenster auf und grüße dabei die Jungs auf dem Gerüst, indem ich mit dem Kopf nicke und ein Lächeln in die Runde schicke. Keiner von ihnen scheint etwas von mir zu wollen, was mir ein gutes Gefühl gibt. Alles ist o.k. Ich mache die Augen zu und denke an Earl. Mr. Earl Gibbons, verheiratet mit Macy Gibbons, Vater von zwei bezaubernden Mädchen, Pami und Jacky. Mr. Earl Gibbons aus New Jersey, mein Freund und Kollege. Bisher jedenfalls. Wie es jetzt mit unserer Beziehung steht, ist schwer zu sagen. Earl und ich sind uns seit unserer Rückkehr noch nicht wieder über den Weg gelaufen. Es ist nicht die erste Reise gewesen, die ich mit Earl zusammen unternommen habe. Und es ist nicht das erste Mal gewesen, daß wir abends zusammen aufs Zimmer gegangen sind, um uns eine Tafel Schokolade zu teilen.

Also, Earl und ich hatten unsere Arbeit vernünftig zu Ende gebracht und wollten uns die Stadt anschauen, bevor wir wie immer in ein Steakhaus einkehrten, um uns so richtig verwöhnen zu lassen. Earl wollte sich vorher unbedingt die Zitadelle anschauen. Also gingen wir hin und schauten uns diese Zitadelle an, der Earl und ich. Es war Earls Idee. Zitadelle hin und Zitadelle her, irgendwann landeten wir in diesem Steakhaus, und Earl bestellte sich vor dem Essen einen Drink und für mich eine Cola. Wir redeten über die Arbeit, und Earl bestellte sich noch mehr von den Drinks. Dann, als das Essen kam, bestellte Earl sich eine Flasche Wein. Irgendwann zwischen den Lammkoteletts und dem Vanilleeis kam er auf Macy zu sprechen. Und ich, ich ließ ihn reden und bestellte mir noch eine Cola. Wozu sind Freunde denn sonst da? Eines muß man Earl lassen, er erzählte die Geschichte, wie sie ist, er ließ die Bombe einfach platzen.

Eines Tages hatte er festgestellt, daß seine Frau nach Zigarettenqualm roch. Damit meine ich nicht, daß ihre Klamotten nach Zigaretten rochen, sondern Earl stellte eines Morgens, als er sich im Bett umdrehte, fest, daß seiner Frau Macy beim Atmen dieser furchtbare Geruch aus dem Mund kam. Erst sprach er sie nicht darauf an, schließlich ist so was ein heikles Thema. Aber als er nach ein paar Tagen zum wiederholten Male den Geruch bei ihr wahrnahm, stellte er sie zur Rede. Macy aber ließ nicht mit sich reden, sondern behauptete einfach, daß es ihr seit längerem nicht gutgehe, weswegen sie ab und zu diesen schlechten Geschmack im Mund hätte. Was mit ihr los sei, wollte sie nicht sagen, diesbezüglich ließ sie Earl im dunkeln. Aber sie versprach, sich öfters mal von Earls Pfefferminzbonbons zu bedienen. Irgendwann ging Earl dazu über, im ganzen Haus für sie Bonbons zu verteilen. Ich meine, er ließ sie wirklich nicht hängen. Aber dann fiel ihm auf, daß auch seine Polohemden, die er so gerne in der Firma trägt, einen leichten Geruch von Zigarettenqualm hatten. Und als er eines Tages Macy im Bad mit einer Zigarette erwischte, brannten ihm die Sicherungen durch. Ich meine, es war eine Sache, die sich langsam gesteigert hatte. Für ihn war es ein Vertrauensbruch, so nannte er es. Zuerst gab ein Wort das andere, und dann hielt er Macy so lange unter die kalte Dusche, bis sie und ihre verdammte Zigarette so richtig naß waren. Damit war für Earl die Sache erst mal erledigt, da ist er Sportsmann, der Earl. Aber nicht für Macy, die seitdem bei ihrer Mutter wohnte. Und Earl machte sich jetzt Sorgen, daß er vielleicht ein Stück zu weit gegangen war.

Später gingen Earl und ich zu mir aufs Zimmer. Wir tranken zusammen eine Cola, und ich sagte: »Sie kommt wieder, laß ein bißchen Zeit vergehen.«

Irgendwann fing er dann an zu weinen, dieser große Kerl, und dann hielten wir uns ein bißchen fest. Und ehe wir uns versahen, kamen wir vom Hundertsten ins Tausendste, wie man so sagt. Und jetzt habe ich Fieber.

Auf der gegenüberliegenden Straßenseite sehe ich, wie jemand auf den Balkon tritt und in meine Richtung schaut. Die Sonne steht tief am Himmel, und Vicky müßte gleich zurück sein. Auch die Handwerker schauen jetzt zu mir herüber. Und dann höre ich tatsächlich, wie die Tür hinter mir aufgeht und jemand durch den Flur auf mich zukommt. »Larry, was soll das heißen, letzte Chance?« fragt Vicky hinter mir. »Was hat der Arzt gesagt?« Genau das sind ihre Worte. Gleich werde ich ihr von der Sache erzählen, ich werde ihr erzählen, daß ich mich von Zeit zu Zeit einsam fühle und manchmal einfach nicht weiterweiß. Aber zuerst lehne ich mich aus dem Fenster und rufe laut nach Earl.

Buddeln 1

Dies ist eine Geschichte aus der Zeit, in der ich viel gebuddelt habe. Einer Zeit in meinem Leben, an die ich gerne zurückdenke. Einer Zeit, in der ich hier in der Gegend eine Menge Löcher hinterließ.

Es war Sommer und die Ferien standen bevor, als mein Dad, der Lokführer bei der hiesigen Eisenbahngesellschaft war und wortwörtlich einiges gesehen hatte, weshalb er wahrscheinlich auch von meiner Mutter getrennt lebte, das Inserat in der Zeitung schaltete. In dem Inserat war die Rede von einem »frischen Burschen«, der sich danach sehnte, während der Sommerferien ein paar Cents zu verdienen, indem er den Leuten in unserer Gegend zur Hand ging. »Einsatzfähig von morgens bis abends«, las ich in der Zeitung. Es war ein schönes Inserat, unsere Telefonnummer war in gotischen Zahlen gedruckt, ein Extra, auf das mein Dad Wert gelegt hatte.

»Das ist ein schönes Inserat«, sagte ich ihm. »Aber wer ist denn dieser frische Bursche, von dem da die Rede ist?«

Bei aller Liebe, die mein Dad damals für mich aufbrachte, gab es keinen Grund, mich einen »frischen Burschen« zu nennen. Ich war groß, der größte Junge im Ort, und mein junger Kopf war schon so tief in die Erwachsenenwelt eingetaucht, daß ich mit Sicherheit alles andere als »frisch« war. Ein »Bursche« war ich auch nicht. Ein Bursche war etwas anderes. Burschen hatten Grasflecken an den Knien und träumten nicht davon, unsere Lehrerin zu vergewaltigen. Miss Coltrane war eine Traumfrau, mit einem richtigen Arsch und schweren Brüsten. Und einem so häßlichen Gesicht, daß ich Chancen bei ihr gehabt hätte. Was die anderen Mädchen betraf, über sie machte ich mir natürlich auch Gedanken. Aber das waren andere Gedanken. »Wer ist der Bursche, Dad?« fragte ich also.

Daß er mir eine runterhaute und meinen Kopf gegen die Wand schlug, zeigte nur, wie wichtig ihm die ganze Sache war. Es hatte natürlich auch etwas damit zu tun, was er alles gesehen hatte und daß meine Mutter weg war und daß ich, sein einziger Sohn, eben kein Bursche war. Wenn ich heute darüber nachdenke, glaube ich, daß mein Dad damals eine schwierige Zeit durchmachte und einfach sein Bestes tat, um sein Leben wieder in den Griff zu kriegen. Wegen der Sachen, die er gesehen hatte, und der Tatsache, daß sie weg war.

Das Inserat war ein voller Erfolg, und am ersten Ferientag fuhr ich zu meinem Auftraggeber, einem älteren Herrn und seiner Frau, die in ihrem Garten ein bißchen Hilfe gebrauchen konnten. Das Paar wohnte an der Küste, und ich nahm, in der Hoffnung, als Bursche glaubwürdiger rüberzukommen, das Fahrrad. Mein Dad, der schon weg war, als ich aus dem Haus ging, hatte mir einen Zettel hinterlassen, auf dem er mir in wenigen Worten deutlich machte, wie wichtig es war, die Augen offenzuhalten. Denn wenn es jemanden gäbe, der alles gesehen hatte, dann wäre sicher er es.

Das Haus lag auf einem mit Unkraut überwucherten Grundstück direkt am Meer. Die Fensterläden standen offen, und ich konnte durch das Haus hindurch bis zum Strand blicken. Wie ich die Treppen zum Haus hinunterstieg, kam mir der alte Herr energisch entgegen. Er trug einen Sommerhut und hatte die häßlichsten Beine, die ich jemals gesehen hatte.

»Sind Sie es?« fragte er.

»Ich bin's«, sagte ich.

»Können Sie buddeln?« fragte er.

»Ja«, sagte ich und folgte ihm in den Garten. Dabei mußte ich ständig seine Beine anschauen, da war einfach nichts zu machen, ich war von den Dingern regelrecht fasziniert. Der Garten hinter dem Haus sah viel besser aus, richtig gepflegt. Es war, als hätte sich der Alte dafür entschieden, wenigstens diese Seite des Grundstücks in Schuß zu halten. Unter einem Sonnenschirm standen ein kleiner Tisch und drei Stühle. Auf einem der Stühle saß eine alte Frau. Sie nickte mir zu, und ich schaute mir ihre Beine an. Sie waren noch häßlicher als die ihres Mannes, überall Adern, Beulen und faltige blasse Haut.

»Ist er das?« fragte die Alte und schaute zu ihrem Mann.

»Er ist es«, sagte er.

»Kann er buddeln«, fragte sie.

»Er kann buddeln«, sagte er.

Jetzt, wo jeder wußte, daß ich buddeln konnte, verschwand der Alte im Haus und kam mit einer Schaufel zurück. Die Schaufel war unbenutzt.

»Was für eine Schaufel«, sagte ich.

»Hier.« Der Alte zeigte mir eine Stelle auf dem Rasen, direkt neben dem Stuhl seiner Frau. »Buddeln!« sagte er und nahm in dem Stuhl neben seiner Frau Platz. Die beiden Alten schauten mich erwartungsvoll an.

Es war in der Tat keine schlechte Schaufel, und ich stand schon bald in einem knietiefen Loch. Mir gefiel das Buddeln, und als die Alte mir ein Stück Kuchen und ein Glas Saft anbot, schlang ich das Ganze schnell herunter, um keine Zeit zu verlieren. Das Buddeln brachte einen wirklich auf andere Gedanken. Das heißt, meine Gedanken kreisten immer noch um das eine, aber alles war auf einmal viel klarer, nicht mehr dieses Wirrwarr aus Mösen und Schenkeln. Je tiefer ich im Loch verschwand, desto klarer konnte ich denken. Bald sah ich nur noch die wippenden Fußsohlen der beiden Alten und bekam Schwierigkeiten, die Erde nach oben zu befördern. »Tiefer geht's nicht«, rief ich nach oben. Meine Stimme klang nicht schlecht da unten im Loch.

Als ich wieder oben war, schauten wir uns alle drei zusammen das Loch an. »Das war's. Tiefer geht's nicht. Das ist jetzt ein tiefes Loch«, sagte ich. Da ich schon damals über zwei Meter groß war, werden Sie sich vorstellen können, mit was für einem Loch wir es hier zu tun hatten. Die Alten waren natürlich sehr vergnügt.

»Noch eins«, sagte der Alte.

»Wo?« fragte ich.

»Dort.« Der Alte zeigte auf eine andere Stelle ein paar Meter neben dem Loch. Dann nahmen er und seine Frau ihre Stühle und rückten näher an die Stelle ran, auf die er gezeigt hatte.

Beim zweiten Loch nahm ich mir vor, den Durchmesser zu erweitern, denn ich ahnte, daß sich dadurch das Buddeln nicht nur verlängern ließe, sondern auch einfacher werden würde. Denn ein gewisser Freiraum im Loch ermöglicht einen kräftigeren Schwung mit der Schaufel und macht es so leichter, die Erde nach oben zu befördern. Ich buddelte los, machte meine Sache richtig gut. Die beiden Alten konnten mich diesmal viel länger beobachten, bis ich unter der Erde verschwand, aber das machte nichts, denn abgesehen von der Sonne und der Sorge, ich würde auch bei diesem Loch bald an meine Grenzen stoßen, war alles in Ordnung. Bis die Alten außer Sichtweite waren, dauerte es drei bis vier Stunden, ein Zeitraum, in dem ich zweimal auf ein Glas Saft verzichtete, um nicht aus dem Rhythmus zu kommen. Als der Alte an den Rand trat und mir sagte, daß es ihm und seiner Frau langsam kalt werde, war der Himmel bereits dunkel.

»Wir frieren«, sagte er.

»Gleich«, antwortete ich und machte noch eine halbe Stunde weiter. Erst als ich den Boden im Loch mit den Füßen festgestampft hatte, warf ich die Schaufel hoch und kletterte nach oben. Da waren sie nun, die beiden Löcher, eins doppelt so groß wie das andere. Es würde nicht viel Arbeit kosten, aus den beiden ein Loch zu machen, dachte ich, aber die Alten hatten sich schon zurückgezogen, weshalb ich diesen Gedanken erst mal verwarf. Jetzt in der Dunkelheit schienen die Löcher eine neue Dimension zu bekommen, es war, als würde es dort unten endlos weitergehen. Ich schaute mir die Schiffe auf dem Meer an. Dann schaute ich mir den Strand an und überlegte, wie es sich wohl im Sand buddeln ließe.

Ich lief über den Rasen und trat über den kleinen Zaun auf den Strand. Dort ging ich erst einmal ein bißchen hin und her, bevor ich anfing. Im Sand ließ es sich schwieriger arbeiten, kein Zweifel, man kam beim Buddeln zwar zügig voran, aber die Löcher liefen sofort wieder voll. Es war sinnlos. Die beiden Alten standen am Fenster. Ich schaufelte noch ein bißchen weiter, dann schaute ich mir den restlichen Rasen an. Platz war genug da.

Am darauffolgenden Tag einigte ich mich mit den beiden Alten, die wieder auf ihren Gartenstühlen Platz genommen hatten, aus den beiden Löchern ein großes Loch zu machen. Ich sagte: »Wir machen ein großes. Ein großes ist besser.«

»Mach ein großes!« sagten sie, und ich machte mich sofort an die Arbeit. Ich schaufelte drauflos, als hätte ich in meinem Leben nie etwas anderes getan. Und während ich wie immer an die Mösen, Brüste, Ärsche und Schenkel dachte, dankte ich meinem Vater dafür, daß er mir den Weg gezeigt hatte.

Bald hatte ich mich von einem Loch zum anderen gebuddelt und konnte hören, wie die beiden Alten über mir vor Freude in die Hände klatschten. Auch diesmal trank ich während der Arbeit keinen Saft, und an Kuchen war erst gar nicht zu denken. Es war um die Mittagszeit, als wir uns das neu entstandene Loch anschauten. Mit einem Durchmesser von etwa vier bis fünf Metern und einer Tiefe von über zwei Metern waren wir alle erst einmal sprachlos. Das Loch veränderte den Garten dramatisch.

»Daraus kann ein richtiger Teich werden«, sagte der Alte, und seine Frau nickte dabei.

»Ein Teich würde gehen«, meinte ich.

Heute bin ich mir sicher, daß uns allen dreien in diesem Augenblick der gleiche Gedanke durch den Kopf ging. Jedenfalls hatte keiner der beiden etwas dagegen einzuwenden, daß ich wieder nach der Schaufel griff, ins Loch sprang und meine Arbeit fortsetzte.

Es dauerte zwei Wochen, bis ich fertig war. Die letzten Tage, die ich da unten verbrachte, arbeitete ich sogar nachts und verzichtete ganz auf Essen und Trinken. Wenn die beiden Alten frühmorgens zu mir herunterschauten, war ich schon ganz in meine Arbeit vertieft.

Wie das mit solchen Sachen ist, hatte es sich natürlich sehr schnell rumgesprochen, daß im Garten der Alten etwas am Entstehen war. Bald war der Garten von Presseleuten aus aller Welt belagert, die es nicht verpassen wollten, vom größten Loch der Welt zu berichten. Als ich fertig war, wurde ich durch die Menge gereicht, die mittlerweile auch die angrenzenden Grundstücke bevölkerte. Jeder wollte ein Foto von mir und meiner Schaufel. Ein Journalist vom Fernsehen legte den Arm um meine Schulter und fragte mich, wie ich mich fühlte. Dann fragte er mich, ob es mein erstes Loch sei und ob ich vorhatte, noch weitere Löcher zu buddeln. Ich antwortete, daß ich vorhatte, noch einige Löcher zu buddeln, aber natürlich auch wußte, daß es nie wieder so werden würde wie heute.

Sie werden sich vorstellen können, daß mein Vater, als er mich im Fernsehen sah, sehr stolz auf seinen Sohn war. Er sagte auch, daß es meiner Mutter, falls sie die Übertragung aus dem Loch gesehen hätte, genauso gegangen wäre.

Buddeln 2

Dies ist keine schöne Geschichte, es ist aber so ziemlich genau das, was meinem Vater und mir vor längerer Zeit passiert ist.

Es war Sommer. Meine Mutter, mein Vater und ich saßen gerade auf der Veranda, als mein Vater mich darum bat, die Schaufel aus der Garage zu holen und unseren Nachbarn Jack Daley zu fragen, ob ich ihm bei seinem Teich behilflich sein könnte. Es war Samstag nachmittag und ich wußte, daß sich mein Vater mit meiner Mutter ein bißchen hinlegen wollte.

»Ein bißchen buddeln wird dir guttun«, sagte er und gab mir diesen Blick. Seitdem er nichts mehr zu tun hatte, gab er mir oft diesen Blick.

Mr. Daley, der während des Krieges beide Beine und seinen linken Arm verloren hatte, wohnte in einem der Holzhäuser, die die Armee drüben am Highway für Veteranen errichtet hatte. Er war immer guter Dinge und konnte Sachen mit seinem rechten Arm machen, die einen in Staunen versetzten. Außerdem besaß er die größte Sammlung von Pornofilmen, die ich jemals gesehen hatte, und immer waren genug Cornflakes im Haus, so daß es mir nie etwas ausmachte, bei ihm vorbeizuschauen.

Mr. Daley hatte nicht vor, Fische in den Teich zu tun. Er wollte erst einmal wissen, ob es auch ohne ging. »Vielleicht geht es ja auch ohne«, sagte er und erzählte mir, daß er es sich immer schon gewünscht hatte, am Meer zu wohnen. Später sollte ich in Erfahrung bringen, daß Leute, die durch tragische Umstände das eine oder andere Gliedmaß verloren haben, dazu neigen, Witze zu machen.

Das Erstaunliche an dieser Geschichte, und das ist es letztendlich, was ich hier loswerden möchte, ist aber etwas anderes. Es geht um eine gewisse Veränderung in unserem Leben. Einige Tage nachdem wir das Wasser eingelassen hatten, fing Mr. Daley an, sich mit meiner Mutter zu treffen. Zuerst hatten sie sich einfach eine Menge zu erzählen, aber dann wurde mehr daraus. Bevor mein Vater und ich davon wußten, sprach sie immer nur von Mr. Daley. Mr. Daley hier, Mr. Daley da, Sie wissen schon. Heute, so viele Jahre danach, sehen mein Vater und ich die beiden ab und zu hier am Haus vorbeispazieren, als wäre es das Natürlichste auf der Welt. »Der Mann hat keine Beine«, sagt mein Vater dann, und ich sage ihm, daß die ganze Sache für mich genauso überraschend war wie für ihn und daß er froh sein kann, in vollem Besitz seiner Gliedmaßen zu sein. Aber trotzdem, die beiden hier so durch die Gegend spazieren zu sehen, das ist ein Anblick, an den sich mein Vater und ich noch gewöhnen müssen.

Buddeln 3

Es ist Juni, die Ferien haben gerade begonnen. Ich bin dreizehn. Das Haus ist aus Beton, fast quadratisch, mit einem flachen Dach. Die Fenster haben keine Vorhänge, und die Scheiben sind verdreckt. Vielleicht bin ich deswegen hierherbestellt worden.

Ich bin mit dem Fahrrad gefahren. Zuerst am Autohändler vorbei in Richtung Landstraße. Dann von der Landstraße in den Wald. Im Wald war es kühler, und ich konnte eine Zeitlang noch die Autos auf der Straße erkennen, aber dann wurden die Bäume immer dichter. Ich schaute geradeaus und legte einen Gang zu, bis ich wieder auf die Landstraße kam. Ich fuhr an der Ruine vorbei, und kurz darauf fand ich das Haus.

Es war kein schönes Haus, aber das machte nichts, darum ging's ja nicht. Ich hatte kurze Hosen an und ein T-Shirt. Ich war braungebrannt, die Haare auf meinen Armen waren heller geworden. Das letzte Stück bis zum Haus mußte ich schieben, über Holzbretter und Steine hinwegsteigen, die überall herumlagen. Ich stellte mein Fahrrad neben das Auto und ging zur Tür. Der Mann hatte ein Hemd und ein paar Shorts an. Er trug eine Brille, war weder dick noch dünn, nicht jung und nicht alt. Sein Gesicht sah nicht freundlich, aber auch nicht unfreundlich aus. Der Mann und ich gaben uns die Hand. Er fragte, ob ich eine Brause haben wollte, bevor es losging. Wir setzten uns in die großen Plastikstühle, die neben der Haustür an der Wand standen. Er mit seinem Bier, und ich mit meiner Brause. Es war sehr heiß, die Stühle standen direkt in der Sonne und mein T-Shirt war sofort schweißnaß. Ich konnte das Bier riechen und auch den Mann. Von dort aus, wo ich saß, war die Straße nicht zu sehen. Mein Fahrrad glänzte in der Sonne.

»Neues Fahrrad?« fragte der Mann.

»Ja«, sagte ich.

»Sehr schön. Es gibt viel zu tun. Die Steine, die Bretter und das ganze Zeug, das muß alles weg. Und dann mußt du aufs Dach hoch.« Der Mann trank sein Bier aus und stand auf.

»Ich kann ein Loch buddeln«, schlug ich vor. »Ich kann ein Loch buddeln und wir schmeißen alles da rein.«

»Komm, Junge, ich zeig dir den Garten«, sagte der Mann.

Auf dem Rasen hinter dem Haus standen Möbel, altmodische Möbel, und wie es aussah, standen sie schon eine ganze Weile dort. Eine Couch, ein Eßtisch und mehrere Stühle. An einem Baum lehnten zwei verrostete Fahrräder, daneben stand eine Art Anhänger, dessen Ladefläche voller Geschirr war, Pfannen, Töpfe und einige Küchengeräte. Ein paar der Geräte schienen neu zu sein. Weiter unten im Garten konnte ich, zwischen Holzbrettern und Steinen versteckt, ein Waschbecken und einige Metallrohre sehen, die ich aber nicht einordnen konnte. Am Ende des Gartens lag ein kleiner See, auf dessen gegenüberliegender Seite ganz dicht am Wasser eine Reihe von Häusern stand. In den Gärten saßen Menschen und schauten zu uns rüber. Als ich ans Ufer herantrat, konnte ich sie sogar hören. Es war zwar schwierig zu verstehen, was sie sagten, aber ich war sicher, sie sprachen über uns. Ihren Nachbarn und den Jungen, den sie bisher noch nie gesehen hatten. Sie wußten bestimmt, woher die Steine, Bretter und Blumentöpfe kamen, die im Wasser lagen. Aber was es mit dem Jungen auf sich hatte, das wußten sie nicht. Ich sah all die Steine, Bretter und Blumentöpfe im Wasser liegen und hatte auf einmal das Gefühl, daß Buddeln diesmal nicht reichen würde.

»Vielleicht sollte ich doch ein Loch buddeln«, versuche ich es trotzdem, weiß aber auch, daß ich es besser nicht zu weit treibe, damit der Mann nicht wütend wird.

»Junge, mit einem Loch im Garten werde ich beim Verkaufen Schwierigkeiten kriegen. Außerdem gehört das Wasser an dieser Uferseite mir. Es ist mein Wasser.« Der Mann steht jetzt neben mir. Er hat einen alten Videorecorder unter seinem linken Arm. »Du mußt es bloß ein bißchen verteilen«, sagt er und wirft das Gerät ins Wasser.

Die Leute drüben auf der anderen Seite schenken sich Kaffee ein.

»Das muß alles da rein, die Fahrräder auch. Wenn du fertig bist, kriegst du eine Brause, und dann kannst du aufs Dach.« Der Mann dreht sich um und geht zurück ins Haus. Ich sehe ihm nach und versuche mich an sein Gesicht zu erinnern. Ich fange mit ein paar Stühlen an, wobei ich darauf achte, in verschiedene Richtungen zu werfen. Manchmal schaue ich nach drüben, wo die Nachbarn immer noch Kaffee trinken. Danach lasse ich die Fahrräder ins Wasser rollen. Das Waschbecken versuche ich ebenfalls zu rollen, was ganz gut geht. Der Anhänger aber rutscht mir aus der Hand und geht mit den ganzen Küchenutensilien zuerst unter, taucht aber kurz danach wieder auf und treibt an der Wasseroberfläche. Ich werfe noch ein paar Steine und einige Bretter hinterher. Nur die Couch macht Probleme. Am Ufer ist das Wasser schon so voller Steine und Bretter, daß die Couch trotz meiner Bemühungen, sie weiter reinzuschieben, ständig aus dem Wasser ragt.

Drüben haben sie aufgehört, Kaffee zu trinken. Ein kleiner Mann in Badeshorts und einem bunt gemusterten T-Shirt steht auf seiner Terrasse und telefoniert. Er spricht eine Weile, und dann fängt er an zu fotografieren. Bevor ich mich umdrehe, versuche ich mir vorzustellen, wie ich auf den Fotos aussehen werde. Es sollten eigentlich keine schlechten Fotos werden. Ein guter Fotograf kann daraus durchaus was machen, Hauptsache, er ist bei der Sache und läßt sich von dem, was er sieht, nicht allzusehr aus dem Konzept bringen.

Später wird er sehen, wie der Junge aufs Dach steigt und zu ihm rüberschaut. Dann wird er sehen, wie auch sein Nachbar auf das Dach klettert und wie die beiden dort oben zugange sind.

In den darauffolgenden Tagen wird er feststellen, daß der Junge immer wieder auf dem gegenüberliegenden Grundstück zu tun hat. Er wird zusehen, wie der Junge ein Loch buddeln und die restlichen Steine und Bretter hineinwerfen wird. Er wird feststellen, daß der Garten langsam einen ganz passablen Eindruck macht. Von Zeit zu Zeit wird er sehen, wie sein Nachbar dem Jungen eine Brause bringt. Und einmal beobachtet er sogar, wie sein Nachbar mit dem Jungen im Auto an seinem Haus vorbeifährt. Im Jahr darauf, das Haus wurde inzwischen an ein junges Ehepaar verkauft, wird er oben auf dem Dach einen Hund sehen und denken, daß auf dieser Welt alles möglich ist. Daraufhin wird er seine Frau in den Arm nehmen. Sie muß ihm versprechen, daß sie ihn niemals alleine lassen wird. Niemals.

Tour de France

Ich hatte nur neun Finger, und das war in Ordnung so. Zum Erstaunen meiner Kollegen öffnete ich die schwere Tür zum Kühlraum, deren scharfe Kanten mich von meinem rechten Daumen getrennt hatten, weiterhin spielerisch und ohne zu zögern. Ich machte meine Arbeit wie immer und beschwerte mich nicht. So hatte ich es mir vorgenommen, und so machte ich es auch. Es kam natürlich vor, daß ein Kollege mich fragte, wie es denn so mit neun Fingern wäre, ob ich beim Unfall Schmerzen gehabt hätte und so weiter. Aber das gehörte dazu, schließlich hatte nicht jeder einen Kollegen ohne rechten Daumen.

Als ich nach dem Unfall wieder in den Betrieb kam, warteten die Kollegen schon am Tor auf mich, um mir die Hand zu schütteln. Im Pausenraum hatten sie einen Kuchen hingestellt, den sie zu meiner Rückkehr gebacken hatten. Es war ein Mazarin-Kuchen mit der Aufschrift »Willkommen zurück, Dick«. Unser Chef schaute vorbei, als wir uns in der ersten Pause was von dem Kuchen gönnen wollten. Chef kam vorbei, und wir hörten zu kauen auf. Mit

Chef in der Nähe fehlte uns einfach die Ruhe, die man zum Essen braucht. Nicht, daß Chef nicht gerne aß. Ich hatte ihn schon oft drüben im *Fishworld* bei einem Teller Calamaris und einem Glas Wein gesehen. Chef aß gerne, so war das nicht. Das wußten wir alle. Trotzdem fiel uns das Kauen schwer. Chef hatte seine Montagshosen an und ein Kurzarmhemd, dessen linker Ärmel ungebügelt war, was sofort auffiel. Denn Chef war ein Mann, der Wert legte auf ein gepflegtes Äußeres. So war er, unser Chef. Und jetzt stand er da und lächelte in die Runde. Wir lächelten zurück und wußten alle, worum es ging.

»Seht euch das an«, sagte Chef. In seiner Stimme lag etwas, das ich nicht einordnen konnte. »Das sieht ja gut aus.« Chef meinte den Kuchen. »Ich glaube, da hat jemand einen Kuchen gebacken.« Es gab etwas, was er gerne über den Kuchen sagen wollte, und darauf warteten wir. John B. traute sich natürlich als erster. John B. war ein kleiner Asiate, der mir noch fünfzig Mäuse schuldete. Daran mußte ich denken, als er zu Chef sagte: »Bitte.« Mehr sagte er nicht, der John. Er lehnte sich einfach zurück, blickte Chef direkt in die Augen und sagte: »Bitte.«

Chef schnitt sich ein großes Stück vom Kuchen ab. Alles landete zielgerecht auf seinem Teller. Daß Chef beim Kuchenschneiden Pech haben könnte, war ein beunruhigender Gedanke. Und so war ich erleichtert, als Chef sein Stück Kuchen auf dem Teller hatte. Daß auf dem Stück »Dick« stand, war Zufall.

Nachdem Chef zu kauen anfing, fingen auch wir zu kauen an. John B., der ihm gegenübersaß, griff sogar zur Kaffeekanne und schenkte Chef, ohne ihn zu fragen, den Becher voll. Es war sehr intim, dort im Pausenraum mit Chef zu sitzen und Kuchen zu essen. Ich hörte, wie seine Wangenknochen dieses Geräusch beim Kauen machten.

Unser Pausenraum bestand aus vier kleinen Tischen mit jeweils drei Stühlen. Die Tische standen alle an einem großen Fenster, was bedeutete, daß einige von uns Chef nur sehen konnten, wenn sie sich umdrehten, was der Situation etwas Eigenartiges verlieh. Ich konnte Chef genau sehen, denn er saß zu meiner Rechten. So war es, John B., Chef und ich an einem Tisch. Er roch gut, unser Chef, nach Menthol und Rasierwasser. Auf seinem Handrücken kräuselten sich weiße Haare. Unter den Haaren sah ich einen schwarzen Fleck, wie eine Art Leberfleck, nur dunkler. Der Fleck schien zu wachsen, während ich ihn beobachtete. Ich mußte daran denken, wie der Fleck früher einmal kleiner gewesen war und dann mit der Zeit immer größer wurde. Ich sah Chef vor mir, wie er beim Calamarisessen plötzlich innehielt und seinen Handrücken ansah. Nur kurz würde er den Fleck anschauen. Dann stellte ich mir vor, wie er an einem heißen Sommertag im Schwimmbad im Wasser untertauchen würde. Ich konnte ihn gut dort unter Wasser sehen, mit seinen ganzen Flecken auf den Armen und dem Rücken.

»Gut, gut«, sagte Chef plötzlich und guckte John B. an. John B. war in der Woche vor meinem Unfall vier Tage hintereinander zwanzig Minuten zu spät gekommen. Zwanzig Minuten. Mir kam wieder der Fünfziger in den Sinn.

Dann aber wandte Chef sich zu mir. Er drehte sich auf seinem Stuhl um, lehnte sich nach vorne, klatschte in die Hände und hob die Augenbrauen, als hätte er mich erst in diesem Moment entdeckt. Mir wäre es lieber gewesen, Chef hätte sich wieder gerade hingesetzt. Dieses Sich-nach-vorne-Beugen und Zu-mir-hoch-Gucken, damit konnte ich nichts anfangen. Es machte mich müde, und ich hatte Angst, vom Stuhl zu fallen.

Den Weg zu Chefs Büro legten wir schweigsam zurück. Es war ein Schweigen, auf das wir uns geeinigt hatten, Chef und ich. Ich und Chef. Dick und Chef. Ich war mir sicher, daß er sich genau das wünschte. Ich war mir sicher, er hätte was gesagt, wenn er es gewollt hätte. Als wir in die Halle, wo die Kadaver zerlegt wurden, kamen, nickte Chef ein paar von den Jungs zu. Bei der neuen 211er Säge stoppte er kurz und schüttelte Ben Besiakov, unserem Vorarbeiter, die Hand. Dann waren wir draußen in der Sonne, und ich nickte einem Typen zu, als er langsam mit seinem Auto an uns vorbeifuhr. Das Auto glänzte in der Sonne, und ich sah, wie Chef aus dem Wasser stieg und seinen fleckigen Körper abtrocknete. Das Auto, das an uns vorbeifuhr, war rot.

Dann waren wir in Chefs Büro. »Setz dich, Dick«, sagte er und nahm hinter seinem Schreibtisch Platz. Es war ein toller Schreibtisch, mit all den Sachen, die Chef brauchte, um Chef zu sein. Hinter ihm an der Wand hingen ein paar Bilder. Chef mit Familie, Chef als junger Mann, Chef zwischen Rinderhüften und Chef beim Angeln.

»Gut, gut«, sagte er. »Wie ist es so mit neun Fingern, Dick?«

»Gut, gut«, sagte ich. Und als Chef darauf nichts antwortete, fuhr ich fort: » Alles ist gut, Chef.«

»Wir haben ihn gefunden. Das heißt, John B. hat ihn mir gestern ins Büro gebracht.« Chef schaute mich an. Chef wollte wissen, ob wir hier ein Problem hatten.

»Wo?« fragte ich.

»Auf dem Parkplatz. John hat ihn hinter seinem linken Kotflügel gefunden. Keiner weiß, wie er dahin gekommen ist.«

Damit hatte ich Schwierigkeiten. Ich hätte gern gewußt, wie mein Finger es bis zum Parkplatz geschafft hatte ...

(Fortsetzung folgt)

Der Autor dankt Dirk Nicolas Fischer, John Blow und Carla für Essen, Trinken und Hotel sowie Vladimir Kamendy, Zoe Gibbons, Isabella, Marie, Renee, Johnny, Nick, Julie, Larry, Julian, B.C., Andy und Edmund »Eddie« Siemers.

NEUE LITERATUR BEI LIEBESKIND

Arne Nielsen
Donny hat ein neues Auto und fährt etwas zu schnell

Erzählungen, 128 Seiten, ISBN 3-935890-18-4

Ein vom Vormieter zurückgelassenes Bild in einer leeren Wohnung bringt einen Schriftsteller gehörig aus der Fassung. Ein Junge nimmt die Geburtstagseinladung eines Klassenkameraden an, weil er sich in dessen Mutter verliebt hat. Ein bekannter Filmstar träumt davon, am Samstagmorgen unbehelligt seinen Wagen in der Garagenauffahrt waschen zu können. Ein Metzger versucht, mit einer Spende an das städtische Tierheim sein schlechtes Gewissen zu beruhigen.

Arne Nielsens Geschichten handeln von Menschen, die mit ungeahnten Hoffnungen oder nie gekanntem Leid konfrontiert werden, und spielen in Welten, die uns fremd sind und doch seltsam vertraut. Immer gehen sie unter die Oberfläche, dorthin, wo Verdrängtes lauert, und treffen so nachhaltig den Nerv des Lesers.

»Wunderbar schnörkellose Storys!« STERN
»Nielsen hat seinen Stoff kühl und knapp auf Kante genäht.« FAZ
»Dieses Buch ist bemerkenswert und frappierend.«
                                                    DEUTSCHLANDFUNK

NEUE LITERATUR BEI LIEBESKIND

Martina Kieninger
Die Leidensblume von Nattersheim

Roman, 288 Seiten, ISBN 3-935890-30-3

Die Metzgereifachverkäuferin Emma Lochmüller hat nicht nur in Nattersheim ihre Anhänger, nein, im ganzen Landkreis weiß man, daß sie Visionen hat, in Fleinheim, Dorfmerkingen und auch in Ebnat. Seit zwei Jahrzehnten ernährt sich die Emma von nichts anderem als der heiligen Kommunion, heißt es, außerdem zeigen sich an ihren Händen die Wundmale Christi, und zwar täglich, mit Ausnahme an Feiertagen. Was Pfarrer Humpf sehr gelegen kommt, pilgern doch viele Gläubige nach Nattersheim, damit die Emma für sie beten kann. Nur der Bischof, der ist skeptisch und betraut einen gewissen Pater Dankward mit der Überprüfung der sogenannten Nattersheimer Phänomene, ausgerechnet einen Franziskaner, der als kritischer Geist bekannt ist ...

»Das durchgeknallteste Stück deutsche Prosa seit langem.
Sehr böse, sehr lustig.« DENIS SCHECK
»So einen Text hat man seit Jahren nicht gelesen.« STERN
»Ein kleines Wunderwerk ...« TAZ